YASMINE GHATA

Lange hatte ich Angst in der Nacht

YASMINE GHATA

Lange hatte ich Angst in der Nacht

ROMAN

Aus dem Französischen
von Pauline Kurbasik

DIANA

MIX
Papier aus verantwortungsvollen Quellen
FSC® C014889

Verlagsgruppe Random House FSC® N001967

Die Originalausgabe erschien 2016 unter dem Titel
J'ai longtemps eu peur de la nuit
bei Éditions Robert Laffont, S.A., Paris

Redaktion: Uta Rupprecht
Umschlaggestaltung: Geviert Grafik & Typografie, München
Umschlagmotiv: © Plainpicture/Demurez Cover Arts/
Kasia Derwinska; emre topdemir/shutterstock.com
Autorenfoto: © Patrice Normand
Satz: Leingärtner, Nabburg
Druck und Bindung: Pustet, Regensburg
Printed in Germany

ISBN 978-3-453-29199-7
Die Übersetzung wurde vom Centre National du Livre gefördert.

CNL CENTRE NATIONAL DU LIVRE

www.diana-verlag.de
Besuchen Sie uns auch auf www.herzenszeilen.de
Dieses Buch ist auch als E-Book lieferbar.

Für Fabrice, Raphaël, Emmanuelle und Gabrielle
Für Régine und Michel Safronoff

»Sein Aug' beginnt zu funkeln
Wenn er im tiefsten Dunkeln
Ohne Unterlass im Geiste
Durch diese Welt reiste.«

VICTOR HUGO
Les Contemplations

An jenem Tag herrschte große Unruhe in der Klasse. Eine Frau kam herein, wies euch an, euch hinzusetzen und still zu sein. Sie schrieb ihren Namen an die Tafel. Dann legte sie behutsam die Kreide ab und sah euch durchdringend an. Du warst nicht besonders aufmerksam, hast nicht genau verstanden, was es mit dieser Stunde auf sich hatte. Lange sprach sie über alte Gegenstände in der Familie. Du hast dir gesagt, diese Schreibwerkstatt sei sicher nicht für ein Waisenkind im Exil gedacht, hast dem Gerede nicht mehr zugehört und abgeschaltet. Hier und da hast du ein einzelnes Wort aufgeschnappt, das keinen Sinn ergab.

Sie stellte Fragen. Einige Klassenkameraden meldeten sich, anderen war die Angelegenheit noch nicht ganz geheuer. Du hast dich nicht gerührt, als ginge dich das alles gar nichts an. Sie malte eine Vase mit Augen zum Sehen, Ohren zum Hören und einem Mund zum Reden an die Tafel, fügte noch zwei Blütenzweige hinzu, wohl, um sie glaubhafter zu gestalten. Sie drehte sich um und lächelte euch an. Dann ging es gleich weiter: Sie bat euch, einen alten Gegenstand aus Familienbesitz auszuwählen und ihn zur nächsten Stunde mitzubringen.

Als es klingelte, hast du dich gleich doppelt als Waise gefühlt. Du hattest weder Eltern noch etwas aus ihrem Besitz. Du hattest nichts mehr aus deiner Kindheit, außer einer Sache: diesen alten, ausgebeulten Koffer, der nichts wert war und nicht einmal mehr wie ein Koffer aussah. Du hattest nichts anderes dabei, als du nach Frankreich kamst.

Deine Klassenkameraden listeten lautstark Gegenstände auf und prahlten mit ihrer von der Welt viel zu schnell vergessenen Familiengeschichte. Stolz lag in ihren Stimmen, sie wollten sich gegenseitig übertrumpfen. Dein alter Koffer konnte da nicht mithalten, genauso wenig wie die paar Gegenstände, die deine Eltern besessen hatten: Tongeschirr aus Gatagara, Sisalkörbe mit Wohlstandssymbolen und Wandbilder aus Bambus. Was war wohl mit diesen Dingen passiert?

Dein Magen hat sich zusammengekrampft bei der Vorstellung, dass sie beschmutzt worden waren, besudelt vom Blut deiner Familie, gestohlen von einem Nachbarn, der früher einmal ein Freund war, oder vielleicht sogar versteigert auf einem Straßenmarkt. Deine Gedanken schweiften umher, du hast dir dies und das vorgestellt, du warst anwesend, aber nicht da. Es tat weh. Die Bilder stürmten auf dich ein, alles war plötzlich wieder da, wirbelte vor dir herum. Da war der bescheidene Horn-

schmuck deiner Mutter, ihr Nacken, wenn sie Brot knetete, die alte Seiko-Uhr deines Vaters, der euch verächtlich anschaute, wenn er mit dem Finger auf euch zeigte. Was war mit dem Spielzeug deiner Geschwister geschehen, den aus Eukalyptusholz geschnitzten Figürchen? Deine Großmutter hatte sie ihnen manchmal weggenommen und in der großen Bauchtasche ihres Kleides verschwinden lassen.

Was war aus eurem Haus geworden? Hatten sie es zerstört? Wohnte nun eine andere Familie dort? Hatten sie die Türen und Fenster herausgerissen, bevor sie es niederbrannten?

Ein Haus ohne seine Bewohner ist wie ein Buch ohne Buchstaben, eine Geschichte ohne Erzähler. In Gedanken bist du in deinem Zuhause umhergeirrt, hast dir den großen Raum noch einmal angesehen, über den Tisch in der Mitte gestrichen. Du hast dich erinnert an frisch geschlachtetes Fleisch, das Fliegen anzog, an Gewürze, die darübergestreut wurden, die Hände deiner Mutter, die die Zutaten flink und geschickt verarbeiteten. Ihre Ohrringe klimperten bei jeder Bewegung. Deine Mutter war sehr schön, und du hast sie verehrt.

Du sitzt auf deinem Bett und starrst auf deine Handflächen. Deine feuchten Fußsohlen kleben am Linoleum, du legst sie aneinander wie zwei Teile eines Puzzles. Du riechst an deinen Schultern, den Armen, den Achselhöhlen. Deine schwarze Haut ist trocken, rau. Du sitzt aufrecht, bereit aufzuspringen, aber etwas Unerklärliches hält dich zurück, eine höhere Macht drückt dich seit über einer Stunde auf die Matratze.

In einigen Sekunden wirst du etwas tun, was deine weitere Jugend verändern wird. Diese mutige Tat besteht darin, dass du dich erhebst, das Zimmer verlässt und durch den Flur gehst. Du musst noch auf eine Trittleiter steigen, damit du ganz nach oben langen kannst. Dort auf dem Schrank wartet seit acht Jahren ein Gegenstand auf dich. Er ist in ein Tuch gehüllt und hebt sich kaum von der Zierleiste über den Schranktüren ab. Durch diesen engen Flur gehst du jeden Tag, hast aber bisher nie auf den Schrank geschaut, weil das wie eine Reise in die

Vergangenheit gewesen wäre. Dort lauern deine dunkelsten Ängste in einem finsteren, unterirdischen Labyrinth. Du zögerst noch, weil du Angst hast, es später zu bereuen.

Du atmest tief aus, um dir Mut zu machen, stehst mit zusammengebissenen Zähnen auf. Dann marschierst du, die Fäuste geballt, entschlossen zum Schrank. Dein Adoptivvater schaut im Wohnzimmer fern, die Rede ist von Windböen am Atlantik. In deinem Inneren aber tobt ein Sturm.

Du stehst vor dem Schrank, neben dir die Trittleiter. Du steigst hinauf, keine überflüssige Bewegung, du bist ganz steif. Durch das staubige Laken tastest du nach einem Griff. Du findest ihn, nun musst du den Gegenstand aus seiner Umhüllung befreien. Du zögerst kurz, aber jetzt ist es zu spät. Du kannst nicht mehr zurück. Deine Adoptivmutter steht am anderen Ende des Flurs, sie hält ein Geschirrtuch in der Hand, in der Küche läuft noch der Wasserhahn. Hilflos blickt ihr beide auf den Gegenstand am Boden. Du suchst Schutz in ihren Armen. Nach acht Jahren dürfen die Tränen endlich fließen. Im Fernsehen folgt ein Werbespot dem anderen. Es gibt nichts zu sagen. Das Wichtigste ist geschafft.

Im Schulgebäude ertönt die Klingel. Die Schüler strömen in ihre Klassenräume. Die Türen schließen sich, eine nach der anderen. Suzanne sucht die Klasse 9 C. Die grün-weiße Tür, hat man ihr gesagt. Sie hat eine Stunde für diese Jugendlichen, eine Stunde pro Woche, mehr nicht, für eine Schreibwerkstatt und den Versuch, sie mit der französischen Sprache auszusöhnen.

Zweiunddreißig Augenpaare sind fest auf sie gerichtet. Stifte werden gezückt, Hefte hin und her geschoben. Suzanne bittet um Ruhe, dann stellt sie sich vor: »Guten Tag. Ich bin Schriftstellerin, meine beiden Kinder gehen auch auf diese Schule. Wir werden ein Halbjahr lang eine Stunde pro Woche miteinander arbeiten. Heute schreibt ihr noch nichts, ihr hört nur zu. Über meine erste Frage wundert ihr euch bestimmt, passt gut auf: Was ist ein Gegenstand?«

Suzanne setzt sich und beobachtet, wie die Schüler den Blick wandern lassen; sie schauen in die Ecken des

Klassenzimmers und an die Decke, betrachten eingehend Himmel und Dächer. Im Raum herrscht Unruhe, aber niemand traut sich zu antworten, einige lächeln. Ein Schüler zeigt auf, möchte etwas sagen, im selben Augenblick schießen noch zehn weitere Arme in die Luft.

»Ja, du! Wie heißt du?«

»Samuel. Ein Gegenstand ist etwas, was von Menschen hergestellt wird.«

»Sehr gut. Du da, ganz hinten?«

»Er wird von Menschen hergestellt, um einen Zweck zu erfüllen. Das haben wir in Technikkunde gelernt.«

»Ganz richtig. Okay, als Letztes noch du, hier vorne.«

»Er kann sehr alt sein, aber auch sehr neu.«

»Ganz genau. Darum soll es nämlich gehen. Wir werden uns mit ziemlich alten Gegenständen beschäftigen. Warum? Weil sie uns eine Geschichte erzählen. Familienerbstücke, wie wir sie alle zu Hause haben, haben mich schon immer fasziniert. Man hat den Eindruck, sie wären immer schon da gewesen, häufig stehen sie seit langer Zeit am selben Platz. Wir nehmen sie gar nicht mehr wahr, doch sie sehen uns, tagaus, tagein. Was meint ihr, was sie wohl sehen?«

Diese Frage bringt sie aus der Fassung. In der Klasse wird es still. Die Schüler schauen nicht mehr an die Decke, sie blicken gebannt auf die Tafel.

Die erste Hand hebt sich.

»Die Dinge sehen den Alltag der Menschen …«

»Ja, aber ein wenig genauer, bitte.«

Jetzt meldet sich der einzige Rotschopf der Klasse.

»Sie sehen, wie die Menschen miteinander sprechen, wie sie essen …«

Seine Nachbarin fällt ihm ungeduldig ins Wort: »Sie sehen, wie die Leute lachen und manchmal auch weinen.«

Suzanne bringt das plötzliche Stimmengewirr zum Verstummen, indem sie eine runde Vase an die Tafel malt. Eine einfache Zeichnung: eine breiter werdende Öffnung, ein großer Bauch und ein schmaler Hals, zwei stark stilisierte Blütenzweige, die links und rechts aus der Vase herausragen.

Mitten auf die bauchige Rundung malt sie zwei Augen, zwei Ohren, einen Mund und fährt fort: »Für mich sind Dinge Lebewesen, die sehen, hören und sprechen können. Bitte sucht euch zu Hause einen Gegenstand aus, der am besten schon seit mehreren Generationen im Familienbesitz ist. Er sollte nicht zu groß oder zu wertvoll sein, sonst könnte es kompliziert werden. Wir werden diese Gegenstände dann zum Sprechen bringen. Aber keine Sorge, ich helfe euch dabei. Nächste Woche, gleicher Tag, gleiche Zeit. Vergesst den Gegenstand nicht. Er kann aus Papier, Leder, Metall, Stein, Elfenbein oder Holz sein. Das Material spielt keine Rolle, aber er sollte sich schon lange bei euch befinden. Ob das Objekt schön ist oder nicht, ist ganz egal, darum geht es hier nicht. Ist die Aufgabe allen klar?«

»Ja, Madame!«

»Dann schnappt euch jetzt eure Stifte und schreibt mir bitte einen kurzen Text mit eurem Namen, Vornamen, Geburtstag und wo ihr geboren seid. Außerdem würde ich gerne wissen, was ihr über alles liebt und was ihr ganz abgrundtief verabscheut. Samuel, du sammelst die Blätter ein.«

Suzanne setzt sich, im großen Durcheinander knarren die Stühle. Dann kehrt wieder Ruhe ein. Das Schreiben taucht die Klasse in eine nahezu stumme Konzentration. Ein paar Minuten später sind die Augen wieder auf die Tafel gerichtet, den Ausgangspunkt der Fantasie.

Auf den Flügeln der aufgeklappten Tafel sind hier und da Kreidespuren zu sehen.

Ein Junge hat den Kopf auf den Tisch gelegt, er ist frustriert, weil ihm keine Antwort auf die letzten beiden Fragen einfällt. Andere Schüler runzeln die Stirn. Die Mädchen schreiben, ohne den Stift abzusetzen, sie vertrauen darauf, dass die Aufzählung ihrer vielen Hobbys schon ausreichen wird. Der Rotschopf rutscht auf seinem Stuhl umher; er scheint sich ganz sicher zu sein, dass dieses Ruckeln die Gedanken schärft.

Ein Junge mit schwarzer Hautfarbe lässt Suzanne nicht aus den Augen, er blinzelt nicht einmal. Er schreibt nicht mehr, sein Blatt hat er auf die äußerste Ecke des Tisches geschoben. Er war als Erster fertig, seitdem sieht er Suzanne unablässig an.

In diesen dreißig Jahren hat sich das Gebäude nicht verändert. Suzanne wandert durch die Flure ihrer alten Schule und schwelgt in Kindheitserinnerungen. Ihr Blick schweift über die ersten Dinge, die sie damals gesehen und berührt hat. Diese Schule war vor hundertfünfzig Jahren von der heiligen Marie-Eugénie gegründet worden, die Papst Paul VI. im Jahr 1975 seliggesprochen hat. Eine Statue der Jungfrau Maria blickt sie mit demselben gütigen Blick an wie damals, die Handflächen in stiller Ergebenheit nach oben gerichtet. Suzanne geht zu der hundertjährigen Eiche, die in der Mitte des Hofs aufragt. Die Wurzeln haben den Beton hochgedrückt und aufgerissen. Tief atmet Suzanne den Duft der Rinde ein, fährt mit dem Finger über die Furchen, als wollte sie etwas entziffern. Früher war dieser Stamm eine eigene Welt, nur mehrere Kinder konnten ihn mit ausgestreckten Armen umfassen. Heute reicht Suzanne um den halben Baumstamm, ohne nach den Fingern ihrer Klassenkameraden zu tasten. Sie könnte stundenlang so stehen bleiben, ihre Erinnerungen Revue passieren lassen, aber sie fühlt sich durch die dunklen Fenster beobachtet.

Zügig macht sie sich auf den Weg, kreuzt die Umlaufbahn der gestressten Aufseherinnen, die es eilig haben, nach Hause zu kommen, und verlässt das Gelände, nachdem sie noch einmal tief eingeatmet hat. Suzanne überquert die Kreuzung und lässt die kleine Insel ihrer Jugend hinter sich, jeder Schritt entfernt sie ein wenig mehr von den Erinnerungen an ihre Kindheit. Im Viertel herrscht ungewöhnliche Stille, kein überflüssiges Geräusch, die Autos gleiten lautlos vorüber, als wollten sie die allgemeine Ruhe nicht stören. In dieser Straße ist Suzanne ein selbstständiger Mensch geworden: Ihre Hand in der ihrer Mutter, bis sie acht war, ihre Schritte neben denen der Mutter, bis sie zwölf war, und danach war sie immer zur selben Zeit allein über dieselben Wege geschlendert, hatte dieselben Umwege genommen. Sie erinnert sich an die alten Zeiten, als sie vor dem Lycée rauchte, damals, als sie ausschließlich in einer Gruppe unterwegs war. Wind, Regen und Gewitter haben alles weggefegt, alles ausgelöscht. Wer die Dinge betrachtet, betrachtet im Grunde sich selbst. Diese Straße ist für Suzanne wie ein Spiegel.

Du hast den Koffer in dein Zimmer gebracht, er liegt mitten im Raum. Deine Adoptivmutter hat das alte Laken weggezogen und zusammengerollt. Dein Adoptivvater hat dir mehrmals über den Nacken gestreichelt, aber du hast nicht darauf reagiert, und er ist wieder zu seinem Sessel im Wohnzimmer zurückgekehrt. Was nun geschah, musste früher oder später geschehen. Du betrachtest den Rahmen des Koffers und seine alten zerschlissenen Nähte. Du würdest das schmale Lederband, das den Koffer säumt, gerne herausziehen, aber du tust es nicht. Der Koffer ist viel kleiner als in deiner Erinnerung, kaum zu glauben, dass du einmal darin geschlafen hast … Die beiden Riemen halten den Deckel und damit dein dunkles Geheimnis verschlossen. Dein Blick tastet die aufgesprungene Oberfläche ab, das speckige Leder ist mit dunklen Flecken gesprenkelt. In der Mitte sieht man einen tiefen Abdruck, ein Loch und parallele Kratzer. Der Koffer scheint nichts zu erzählen, er ist nach all den Jahren der

Vernachlässigung verstummt, dabei hält er doch einen Teil deines Lebens unter Verschluss. Die Riemen zu öffnen würde ihn zum Sprechen bringen, aber als du ihn berührst, schreckst du zurück.

Du atmest den modrigen Geruch des Koffers ein, die scharfen Ausdünstungen des Leders, von eingetrocknetem Urin und salzlosen Tränen. Der Koffer fasziniert dich, du umkreist ihn, als wäre er ein wildes Tier. In einem Strudel kehren die Erinnerungen zurück: flimmernde Luft, eine kurvenreiche Straße im Dorf Shyorongi, sandiger Boden und die Spuren von abgefahrenen Gummireifen auf der Straße. Du erinnerst dich an Hunger, Durst, Fata Morganas in der Ferne, die jeglicher Hoffnung den Weg versperrten.

Früher einmal war dieser Koffer unter einer alten Matratze verstaut gewesen, auf Höhe der nackten Füße deiner Geschwister, die unablässig miteinander rauften. Wenn deine Mutter Großputz machen wollte, gab sie euch den Koffer. Hundertmal habt ihr ihn geöffnet, um das Spielzeug wieder herauszuholen, das euer Vater konfisziert hatte, weil er dem Tohuwabohu, das im einzigen Wohnraum eures bescheidenen Zuhauses herrschte, ein Ende setzen wollte. Jetzt scheint der Koffer leer zu sein. Wenigstens das würdest du gerne überprüfen, aber du traust dich immer noch nicht, ihn zu öffnen. Du schließt die Augen, deine rechte Hand bewegt sich wie von allein auf den Koffer zu. Schließlich liegt sie auf dem Deckel, deine gespreizten Finger scheinen am Leder zu kleben, fast wie gelähmt. Du näherst dich kauernd, als wolltest du das wilde Tier zähmen. Du öffnest die Augen, legst auch die andere Hand auf den Koffer. Nacheinander öffnest du die weichen Lederriemen; sie gleiten auf den Boden, behalten ihre Form, den tiefen Knick in der Mitte. Du fürchtest dich davor, den Koffer aufzumachen und die Abgründe in seinem Inneren zu erblicken. Für dich birgt er den Kadaver deiner geplünderten und zerfetzten Kindheit.

Wenn du ihn öffnetest, würdest du noch einmal die Schreie deiner Geschwister hören: Willy, Flora und Trésor. Du sträubst dich, aber das Wispern deiner Großmutter macht dir Mut. Sie hatte dich gedrängt, das Dorf zu verlassen und den Koffer mitzunehmen, den sie hastig für dich gepackt hatte. Sie flehte dich an, du müsstest unbedingt fort, aber du wolltest nicht. Du warst doch erst acht. Sie hatte fünfmal dieselben Ratschläge wiederholt, sie mit den Fingern aufgezählt. Zuallererst: Renn so schnell wie möglich zur Bananenplantage, die hinter dem Dorf Kanyinya liegt, nicht weit von der Grundschule, und versteck dich da. Dort bleib die ganze Nacht und rühr dich nicht. Dann lauf im ersten Morgengrauen um den Wald von Mukana herum, so kommst du auf den Pfad aus roter Erde, der sich durch die Hügel schlängelt. Mit dem vierten Finger warnte sie dich vor der großen Teerstraße, die nach Kigali führte.

Zärtlich hatte sie dich umarmt und war dann zum Dorf zurückgegangen. Ein Sandsturm peitschte gegen die Wände, bedeckte die Behausungen mit einer dicken ockerfarbenen Wolke, als wollte er den Schrecken verbergen.

Man hörte den Motor eines Daihatsu, er beschleunigte und bremste, jeder Halt löschte eine Familie aus. Du hörtest den Widerhall von Schüssen, die im Inneren der Häuser wüteten. Du ranntest und ranntest und hattest dabei das Gefühl, jemanden an der Hand zu halten, aber das war bloß der Griff eines Koffers, den deine Großmutter in aller Eile gefüllt hatte, um ihren ältesten Enkel zu retten.

Der Koffer hatte einst deinem Großvater gehört und lag lange weitgehend unbeachtet in einer Vertiefung auf dem nackten Boden. Dein Vater verwahrte darin immer wieder beschlagnahmtes Spielzeug, deine kleine Schwester, mit der lästigen Pflicht des Kehrens betraut, ließ Staub unter ihm verschwinden. Dein verstorbener Großvater hatte ihn damals auf dem Markt gekauft und um den Preis gefeilscht. Er war ein ungewöhnlich hochgewachsener Mann gewesen und hatte, so erzählte man sich, einen ganz üblen Charakter. Dieser Koffer war niemals benutzt worden, es gab nie eine Reise, einen Ausflug, eine Flucht. Er hatte keine Aufgabe, stand aber für die Möglichkeit, jederzeit aufbrechen zu können. Mit der Zeit wurde der Koffer zu einem Drohmittel zwischen den Eheleuten. Bei jedem Streit der Großeltern wurde er hervorgeholt, um die wenigen Kleidungsstücke des Großvaters aufzunehmen. Unter Schimpfen und bissigen Bemerkungen wurden wahllos Dinge hineingeworfen. Dein Großvater verschloss ihn mit einem Ruck – die Riemen ließ er offen –, ging aus dem Haus und schlug die Tür hinter sich zu. Er verschwand eine Zeit lang, kam bei einem Nachbarn unter, spielte Karten bis tief in die Nacht. Deine Großmutter hörte ihn zurückkommen, stellte sich aber schlafend.

In aller Herrgottsfrühe wurden die Kleider wieder an ihren Platz geräumt, ebenso der Koffer, und bis zum nächsten Streit war er vergessen. Und dann war Großvater auf einmal alt und konnte nicht mehr wegen jeder Lappalie abhauen. Wohin auch? Er hatte keinen Zufluchtsort mehr … Du hast kaum Erinnerungen an ihn, er ist zu plötzlich gestorben, du warst noch nicht einmal fünf, als ihn eine Krankheit dahinraffte. Deine Großmutter, die zu seinen Lebzeiten mit Zuneigungsbekundungen gegeizt hatte, betrauerte ihn viele Wochen lang. Die Tränen trockneten, aber ihre Augen waren von da an nicht mehr dieselben, sie leuchteten nicht mehr, lachten nicht mehr, waren von Trauer verschleiert.

Der Koffer, der früher Flucht und Befreiung versprochen hatte, verließ das Haus nicht mehr und verbarg nur noch all den Staub, den deine Schwester darunterkehrte.

Die Spannungen im Land hatten das Getöse im Haus gedämpft. Eure Eltern dachten nach, starrten zum Horizont, als würde ein Blick in die Ferne ihnen helfen, klarer zu sehen. Deine Großmutter arbeitete weniger im Haushalt, diese jahrhundertealten Konflikte erschütterten sie auf ihre eigene Weise. Die letzten Tage vor deiner Flucht waren ziemlich bedrückend, das Schweigen sprach nur allzu deutlich von der Besorgnis. Die Stunden zogen sich endlos. Weil du der Älteste warst, suchtest du in den Augen deiner Eltern nach Antworten, fandst aber bloß Pessimismus mit einer Spur von Hoffnung.

Die Großmutter legte sich häufig hin und ruhte die von der ewigen Arbeit erschöpften Glieder aus. Sie betrachtete dich sehr aufmerksam, beobachtete dich auf Schritt und Tritt, beruhigte dich, wenn du zu sehr ins Grübeln gerietst.

Ihr Trost verstärkte deine Ängste nur, darum schwieg sie und schloss die Augen, als wollte sie dir zeigen, dass sie machtlos war. Du wusstest, dass es nie wieder so sein würde wie früher, aber du rechnetest noch nicht mit dem Schlimmsten. Du warst acht Jahre alt und überhaupt nicht darauf vorbereitet, dem Leben allein entgegenzutreten.

Deine Gedanken drehen sich manchmal im Kreis, wie besessen rekonstruierst du das Vergessene. Du suchst nach Antworten, nach Gründen, warum die alte Frau dich damals retten wollte. Deine Überlebenschancen waren gering, und zu der Tragödie kam noch die Trennung von deiner Familie.

Dein Leben verdankst du allein ihrem Plan, diesem hartnäckigen Gedanken, den sie im Kopf hatte und nicht zum Schweigen bringen konnte.

Suzanne schreibt an die Wandtafel. In ihrer gut lesbaren Schrift mit den runden Buchstaben markiert sie den Beginn der Schreibwerkstatt. Alle Schüler starren auf Suzannes Hand, die bei jeder neuen Zeile einen Bogen beschreibt. Auf jedem Pult liegt ein Gegenstand: die Familienerbstücke, die sie mitbringen sollten. Es ist, als hätten sie ein kleines Stück Zuhause mit in die Schule genommen.

Diese häufig vergessenen und selten schönen Dinge werden aus Pflichtgefühl und Respekt vor den Vorfahren aufbewahrt. Eigentlich sind es Objekte der Trauer. Die Schüler fassen sie immer wieder an, tasten die Gegenstände ab, als würden sie Wünsche erfüllen und Wunder wirken. Suzanne geht durch die Reihen, schaut sich alles interessiert an: ein mit Holzschnitzereien verziertes Kästchen, ein Fächer mit Elfenbeingriff, ein als prähistorisch bezeichneter Stein, eine sehr alte Bibel, die fast auseinanderfällt, eine Porzellanpuppe, der das rechte Auge fehlt, eine alte Münze. Suzanne freut sich, zeigt es aber nicht. Dann sind da noch ein altes Tintenfass, eine Taschenuhr, Manschettenknöpfe und ein metallener Trinkbecher mit eingravierten Initialen. Zufällig ausgewählte Gegenstände, die nutzlos und anziehend zugleich sind. Es erfüllt die Schüler mit großem Stolz, wenn Suzanne sie in die Hand nimmt. Mit unerwarteter Andacht genießen sie diesen Augenblick und antworten knapp auf ihre Fragen. Suzanne erkundigt sich bei jedem Einzelnen nach der Herkunft und dem ursprünglichen Besitzer des Gegenstands.

Ein Schüler in der hinteren Reihe hat nur ein Foto seines Gegenstands mitgebracht, da er für den Transport zu sperrig ist. Das Foto ist zerknickt und unscharf, aber Suzanne nimmt es ihm nicht übel. Der Junge umklammert ein Lineal. Er schaut Suzanne nicht an und antwortet ihr mit gesenktem Blick, als sie fragt: »Woher stammt dieser Gegenstand, Arsène?«

»Aus Ruanda, Madame.«

»Wem hat er gehört?«

Arsène antwortet nicht, er bekommt einfach kein Wort heraus. Das Lineal schneidet ihm in die Hand, die Finger sind schon ganz hell. Suzanne berührt kurz seine Schulter, dann dreht sie das Foto um und schreibt auf die Rückseite: »Das wird schon noch, ganz bestimmt.«

Alle Schüler haben sich umgedreht, weil in der letzten Reihe etwas vor sich geht. Suzanne kehrt zu ihrem Pult zurück und bittet sie, sich wieder der Tafel zuzuwenden. Eine Schülerin, Chiara, soll den ersten Teil der

Aufgabe laut vorlesen. Sie steht auf und trägt souverän die folgenden Anweisungen vor:

Datenblatt

1. Bezeichnung des Gegenstands.
2. Material des Gegenstands.
3. Größe des Gegenstands.
4. Herkunftsort des Gegenstands.
5. Alter des Gegenstands (genau oder ungefähr).
6. Warum habt ihr euch dafür entschieden?

Chiara setzt sich wieder.

»Das macht ihr bis nächste Woche fertig und gebt es dann bei mir ab«, verkündet Suzanne.

Sie weist die Schüler darauf hin, dass sie Texte ohne Großbuchstaben oder Punkte nicht korrigieren werde. Die Sätze sollen kurz, aber fehlerfrei sein. Das Läuten übertönt diese letzte Ermahnung.

Die Schüler drängen aus der Tür, nur Arsène hält sich abseits. Suzanne will ihn ansprechen, tut es dann aber doch nicht. Als sie das Licht ausschaltet und die Tür schließt, ist er schon verschwunden.

Du hast ihn mit einem einzigen Ruck geöffnet, deine Hand war schneller als dein Kopf. Dem ledernen Inneren entströmte ein Geruch, der sich sofort im ganzen Zimmer ausbreitete. Mein Gott, dieser Geruch weckte so viele Erinnerungen … Du hast die Augen geschlossen, und sogleich schwirrten Bilder vor dir wie flirrende Lichter.

In diesem Koffer hast du Schutz vor Kälte gefunden, vor wilden Tieren, sintflutartigem Regen und dem dichten Nebel, der dich umfing. Zusammengekauert lagst du in seinem Inneren, die Füße gegen die Seitenwände gepresst. Durch das dicke Leder drückten sich spitze Kiesel, aber du schliefst dennoch, vermiedst die pikenden Steine, so gut es ging. Deine Hände und Füße kribbelten, weil du so unbeweglich dalagst. Dein Kopf in der Ecke ließ dich an das alte Kissen denken, das du dir mit deinem Bruder teilen musstest. Die Erinnerung an den Schmutz, an deine von der roten Erde ausgetrocknete Haut kehrt zurück, diese Erde, die dich nirgendwohin führte. Instinktiv hattest du die Kleider weggeworfen, die deine Großmutter hastig für dich eingepackt hatte. Sie beengten dein provisorisches Zuhause, du hättest mit deinem kleinen Körper nicht hineingepasst.

Du hast nichts vergessen. Ganze Tage warst du mit tauber Hand immer weitergelaufen, auf der Suche nach etwas, aber du wusstest nicht, nach was. Du hattest die vier Ratschläge deiner Großmutter im Kopf, hast jede Anweisung beachtet, aber viel zu schnell waren die Ratschläge aufgebraucht, und du wusstest nicht mehr weiter. Nur der endlose Pfad aus roter Erde diente dir noch als Anhaltspunkt. Er wurde immer länger, je weiter du ihm folgtest. Die hohen Bäume am spärlich bewachsenen Hang waren dein Dach, gute Seelen, Ersatz für menschliche Gesellschaft. Dein Instinkt befahl dir, im Koffer zu schlafen. Das Erwachen wurde immer mühsamer für dich, es warf dich in die Wirklichkeit zurück.

Du stiegst zuerst mit den Füßen in den Koffer, den Rest des Körpers musstest du unter Winden und Drehen hineinzwängen. Der Koffer war in diesem Land der tausend Hügel zu einer Notunterkunft geworden. Wenn du in die Wirklichkeit zurückkehrtest, erschütterten dich Verlust, Einsamkeit, Verlassenheit. Manchmal drohtest du zu ersticken und warst gezwungen, den Deckel mitten in der Nacht zu öffnen; nur die Sterne am Himmel spendeten ein wenig Licht. Tief atmetest du die frische Luft ein, sie erfüllte dich wieder mit Hoffnung, die Zunge klebte dir am Gaumen, und du riefst, ohne dass dich jemand hörte, nach deinen Eltern. Eisige Kälte legte sich auf deine Haut, auch wenn der Kofferdeckel wie eine Decke war, frorst du dennoch. Dann versankst du, um zu vergessen, wieder im Schlaf. Das Leder fühlte sich an wie Haut, eine inzwischen vertraute Haut.

Dieser Koffer hatte für dich nichts Geheimnisvolles mehr an sich. Er gehörte nun dir, und für dich war er fast wie ein menschliches Wesen, ein enger Vertrauter. Die beiden Verschlüsse schienen dich wohlwollend anzustarren, der gebogene Griff, den du immer umklammert hieltest, war feucht von deinen Händen. Du liefst stets auf der rechten Straßenseite, nie links, den Koffer in der rechten Hand, als wolltest du ihn vor einer möglichen Bedrohung schützen. Ohne ihn warst du nichts, deswegen gabst du tagsüber so gut auf ihn acht wie er nachts auf dich. Auf gewisse Weise habt ihr euch mit dem Aufpassen abgewechselt, er übernahm die Verantwortung, sobald die Sonne untergegangen war und der Mond und die ersten Sterne am Himmel erschienen.

Nach mehreren Tagen ohne Nahrung suchtest du nach Feldern mit Süßkartoffeln oder Obstbäumen. Nichts davon fand sich an dieser unendlichen Straße, nur einige Feigenbäume, Kartoffelpflanzen, brachliegende Felder mit vereinzelten Gewächsen. Es herrschte Trockenzeit, überall bloß ausgedörrte Äste und steiniger Boden. Du hast Kiesel gelutscht, um etwas im Mund zu haben. Jeden Morgen wiederholte sich dasselbe Wunder: Wassertropfen benetzten den Deckel des Koffers, du schlüpftest ins Freie, öffnetest ihn behutsam und lecktest diese kostbare Flüssigkeit ab. Von einer Seite zur anderen fuhr deine Zunge gierig und unersättlich über die Oberfläche. Dabei achtetest du darauf, dir das Hemd fest an den Bauch zu pressen, damit es keinen der kostbaren Tropfen aufsog. In deinen Augen war der Koffer noch viel fürsorglicher geworden, weil er auf seinem Deckel Wasser sammelte. Wie eine Mutter gab er dir jeden Tag zur selben Zeit etwas zu trinken, als sei dies seine Aufgabe, gerade so viel, um dich nicht zu verlieren, dich, der sich nur noch schwankend voranschleppte, niedergedrückt von Müdigkeit und Verzweiflung. Ihr gingt diesen Weg zu zweit. Allein hättest du nicht überlebt.

Suzanne schaut sich die Arbeitsblätter an, die sie korrigieren muss. Diese einfache Übung fasst in gewisser Weise die Identität des Gegenstands, dessen charakteristische Merkmale zusammen.

Bei der Aufgabe ist Geschwätz fehl am Platz. In diesem Jahr sind die Dinge originell, Suzanne freut sich über die ganzen alten Sachen, die aus ihrer häuslichen Anonymität ausbrechen. Neugierig sucht sie den Text von Arsène und das Bild seines Koffers, der zu sperrig war, um ihn mitzubringen. Dieser Schüler wirkt verkrampft. Suzanne liest das Arbeitsblatt. Die enge Handschrift verrät Anstrengung und höchste Konzentration.

Laut liest sie vor: »Bei meinem Gegenstand handelt es sich um einen Koffer.«

»Der Koffer besteht aus gegerbtem Leder.«

»Er misst 113 x 80 Zentimeter.«

»Der Gegenstand stammt aus Ruanda, meinem Heimatland.«

»Er wurde wahrscheinlich im Jahr 1970 hergestellt.«

Auf die letzte Frage: »Warum habt ihr euch diesen Gegenstand ausgesucht?«, hat der Schüler geantwortet: »Ich habe diesen Koffer gewählt, weil er der einzige Gegenstand ist, der mir von meiner leiblichen Familie und meinem Heimatland Ruanda geblieben ist. Er hat mir das Leben gerettet.«

Suzanne presst das Blatt an die Brust und ruft sich das Gesicht des Schülers in Erinnerung. Mit seinen fest an die Stuhlbeine gedrückten Knöcheln wirkte er extrem angespannt, als Suzanne zu ihm an den Tisch trat. Das Bild lag in der Mitte seiner Schreibtischunterlage, dieser kunststoffummantelten Weltkarte, die sich auf jedem Pult befindet. Er hatte das Foto seines Koffers auf dem afrikanischen Kontinent platziert, wo seine Geschichte ihren Ursprung hat.

Am Tag deiner Flucht bist du losgerannt und hast dich nicht mehr umgeschaut. Über deinem Dorf stieg Staub auf, eine unförmige Wolke, die die Dächer einhüllte. Noch nie zuvor bist du so schnell gelaufen. Das Bananenfeld schien sich rückwärts zu bewegen, je weiter du vorankamst. Der Koffer behinderte dich, er schlug ständig gegen deine schmalen Knöchel. Du warst außer Atem, dein Körper hielt den Kurs, und mit der rechten Hand bahntest du dir einen Weg durch das hohe Gras. Dein lauter Atem übertönte das Getöse, du hörtest Gewehrsalven, gefolgt von Schreien und Gebrüll. Deine Tränen hielten dich nicht auf, im Gegenteil, sie trieben dich an. Stehen zu bleiben war unmöglich, du liefst um dein Leben. Dann, ganz plötzlich, hast du dich auf den Boden geworfen, dich unter den Bananenstauden versteckt. Erst nach etlichen Minuten beruhigte sich dein Atem. Du hast den Koffer geöffnet und den Inhalt wie rasend durchwühlt. Im Inneren hast du einige gebügelte Hemden gefunden, sorgfältig zusammengelegte T-Shirts, ein paar trockene Kekse und die metallene Trinkflasche deines Vaters. Lauernd schrecktest du beim kleinsten Geräusch um dich herum auf, überzeugt davon, du würdest verfolgt. Der Wind trug die Schreie aus dem Dorf zu dir. Auf den Lärm folgte Stille, kein Laut war mehr zu hören, als wäre sämtliches Leben von der Erdoberfläche ausgelöscht.

Du hast dich am Fuß der Bananenstaude zusammengerollt und deinen Kopf auf den Koffer gebettet. Du wartetest auf den Sonnenuntergang, nicktest immer wieder kurz ein und träumtest, dass das alles nicht wahr wäre. Der Koffer unter deinem Kopf erinnerte dich an die ausgestreckten Finger und die nahezu biblischen Gebote deiner Großmutter, die du befolgen musstest. Du klammertest dich an diesen Koffer, er spendete dir Trost wie ein menschliches Wesen.

Eine seltsame Stille, eine gewissermaßen schuldige Stille. Selbst die Tiere schwiegen, als könnten sie es nicht fassen.

Du hast angekämpft gegen den Drang, ins Dorf zurückzukehren, um dir ein Bild zu machen; noch hielt dich die Stimme deiner Großmutter zurück. Doch das Verlangen war so stark, dass deine Füße ganz von allein losrannten. Du konntest einfach nicht anders. Wie ein wildes Tier bist du die Terrassen hinuntergehetzt, die dich vom Dorf trennten.

Als du am Rande des Feldes angekommen warst, schweifte dein Blick über das Dorf. Vertraute Gestalten schleiften Leichen weg, fingen das Vieh wieder ein, sammelten landwirtschaftliche Geräte und Haushaltsgegen-

stände auf. Du beobachtetest euren Nachbarn beim Plündern, er stahl Fenster, Ziegel und die Tür eures Hauses. Andere holten sich alte Töpfe oder sorgten dafür, dass die Beute gerecht aufgeteilt wurde.

Auch die Leichen wurden nun gezählt. Deine fehlte. Vom Wind verwehter Rauch quoll aus den Behausungen, du sahst Tote auf dem Boden liegen, gefallen, niedergemetzelt. Euer Lehmhaus umhüllte stumm wie ein Leichentuch die leblosen Körper deiner Familie.

Du wolltest den Namen deines Vaters herausschreien, die Namen deiner Mutter und deiner Großmutter, aber dir fehlte der Mut. Dein Kopf war vom Blattwerk verdeckt. Du bist nicht ins Dorf gelaufen, dein Fuß hat die steinerne Begrenzung der Terrassen nicht überschritten, die deine Vorväter errichtet hatten.

Du hast Hunger und nichts mehr, um ihn zu stillen. Der Pfad aus roter Erde endet am Fuß eines Hügels. Du sagst dir, dass jetzt alles vorbei ist, die Anweisungen deiner Großmutter sind nun hinfällig. Die Landschaft um dich herum ist dir fremd. Dir ist, als wärst du von nun an in einem anderen Land, als hätte dich dein kilometerlanger Fußmarsch weit von deiner Familie und auch von dir selbst entfernt. Aus der Ferne dringen Tierschreie zu dir, sie machen dir schreckliche Angst.

Du erinnerst dich an Schauermärchen, die dich einst in den Schlaf begleiteten. Der Keim der Geschichten, die deine Großmutter bei Einbruch der Dämmerung gesät hatte, spross in der Nacht in euren Köpfen. Das Schnarchen deines Vaters im Nebenraum verwandelte sich in das Brüllen wilder Tiere. Die Liebkosungen deiner Mutter und die vielen Küsse auf deiner Stirn linderten damals deine Unruhe.

Am Fuß eines Baumes dient dir der Koffer als Stuhl,

der Stamm ist deine Rückenlehne. Du singst, um deinen Kummer zu vertreiben. Dort liegt dieser Kieselstein, den der Wind nicht vom Fleck bewegen konnte: Er misst dich mit Blicken wie ein Gegenspieler. Du umkreist ihn und versetzt ihm mit dem rechten Fuß einen Tritt. Du hast ein Spielfeld erschaffen, auf diesem erfundenen Fußballplatz Kreidelinien gezogen. Du dribbelst, du schießt, du jauchzt vor Freude. Du trotzt dieser Wüste aus Kieseln, indem du sie mit Fans im Freudentaumel bevölkerst. Der sintflutartige Regen beendet das Spiel, du siehst darin eine Geste des Himmels, die dich zu deinem Mut beglückwünscht. Du ziehst dich aus, hängst jedes Kleidungsstück an einen Ast und wäschst dich gründlich. Du bist sauber, du bist schön. Aber um dich herum herrscht gähnende Leere, du fühlst dich allmählich wie der letzte Überlebende auf dieser Erde. Nackt hast du in deinem vertrauten Versteck geschlafen und gewartet, bis deine Sachen trocken waren.

Deine Haut auf der ledernen Haut des Koffers, fühltest du dich in seinen rechteckigen Armen geborgen. Die Tage vergingen, und du schlossest deinen ledernen Begleiter immer mehr ins Herz. Ihn zu öffnen, war, als würdest du sanft über seine Achselhöhlen fahren, seinen Deckel zu berühren, war, als streicheltest du ihm den Rücken. Im Dunklen flüstertest du ihm Worte zu, dachtest dir Ratespiele aus, ohne eine Antwort zu erwarten. Deine Haut erwärmte das Leder, du drehtest und wendetest dich, ohne dabei die Waden zu bewegen. Wenn dir nach der stundenlangen Reglosigkeit die Beine einschliefen, ließt du deine Füße über den Kofferrand hängen. Welch eine

Wohltat, auf dem Rücken liegen und die Beine ausstrecken zu können; dennoch hattest du immer Angst, dass wilde Tiere deine Füße fressen könnten. Deswegen zogst du sie wieder an und rolltest dich erneut in Embryohaltung zusammen.

An jener Stelle am Fuße des Hügels, wo der Pfad endete, wo er nicht weiterführte, sich auflöste, einschlief und verschwand, bliebst du drei Nächte lang. Du fürchtetest dich davor, ihn zu verlassen und ins Landesinnere zurückzukehren, warst überzeugt, dass deine Großmutter Honorine dich mit Argusaugen beobachtete, dich kontrollierte und sich jeden Tag vergewisserte, ob du ihre Anweisungen auch genau befolgtest. Dass dich niemand aus deiner Familie mehr sehen konnte, wusstest du nicht. Man hatte ihre Leichen im Dorf aufeinandergestapelt, nicht weit von der Kaffeeplantage, wo im Boden ein Graben wie eine tiefe Wunde klaffte.

Deine Mutter, dein Vater und deine Geschwister ruhten nicht beieinander, man hatte ihre Körper willkürlich auf irgendwelche Haufen geworfen. Honorine hatte der Tod fast unkenntlich gemacht. Du warst der einzige Überlebende, aber dir ging es auch nicht besser als ihnen; ein abgemagerter Junge auf der Flucht, der nichts besaß außer einem Koffer und Schuhen mit durchgelaufenen Sohlen. Du schliefst am Tag, du schliefst bei Nacht. Zwischen Traum und Wirklichkeit konntest du dein trauriges Schicksal vergessen. Selbst im Schlaf hörtest du noch Tierschreie und Regen oder Wind, deren Laute bis in die Dunkelheit deines Koffers drangen.

Plötzlich vernahmst du ein seltsames Geräusch und schlugst langsam die Augen auf, erst das eine, dann das andere. Auf dem schmalen Asphaltstreifen brummte ein Motor. Reglos harrtest du aus, spürtest jede einzelne Sekunde dieser Erschütterung, die dein Herz hektisch pochen ließ. Stimmen, quietschende Bremsen, das Klirren von Metall. In der Dunkelheit versuchtest du zu erahnen, was sie machten, stelltest dir ihre blutunterlaufenen Augen vor, die dunklen Sonnenbrillen, die lückenhafte Reihe ihrer Gewehre, geschultert, als wollten sie die Wolken durchbohren. Du hörtest dumpfe Schritte näher kommen, du glaubtest sogar, die Stiefel zu sehen, die auf den Baum zugingen, auf den Koffer, auf dich. Mit weit aufgerissenen Augen hieltest du in Erwartung plötzlich gleißenden Tageslichts den Atem an. Eine Pranke riss den Deckel hoch.

Im Gegenlicht sahst du das überraschte Gesicht eines Mannes. Er warf einen Blick hinüber zum Auto; der Anhänger seiner langen Kette baumelte wenige Zentimeter vor deinem Mund. Du sahst, wie sich sein Kiefer bewegte, der Mann sprach laut, stand auf und knallte den Deckel zu.

»Der Koffer ist leer, fahren wir weiter.«

Die Schritte entfernten sich, du konntest wieder atmen. Ein paar Sekunden lang glaubtest du, allein durchs Luftanhalten unsichtbar geworden zu sein.

Dein Gang ist gleichmäßig, der Koffer schlägt dir im Takt gegen die rechte Wade. Du musst unbedingt etwas essen. Du verlässt den Pfad und suchst nach einer Siedlung. Du findest nicht einmal eine Kirche, auch keine Schule, nur tief hängende, dichte Wolken. Diese Gegend muss der Vorplatz zur Hölle sein, wo die Toten auf ihrer Reise verschnaufen, bevor sie auf ewig verschwinden. Du wirst auf einen kleinen Wald aufmerksam, ein paar Eukalyptus- und Papyrusbäume, du erhoffst dir endlich einen Bach, saftiges Obst. Du rennst los, und auch dein lederner Begleiter setzt sich in Bewegung, als wären ihm plötzlich Beine gewachsen. Im Gegensatz zu dir gerät er nicht außer Atem, du aber musst anhalten und tief Luft holen. Vornübergebeugt stützt du dich auf die Knie, versuchst, ruhiger zu atmen.

Deine Beckenknochen stehen spitz hervor. Nie zuvor warst du so ausgemergelt wie an jenem Tag. Deine Ellenbogenknochen ragen heraus, die knochigen Knie zeichnen sich deutlich unter der Haut ab. Nur noch ein paar Schritte, dann bist du dort, wo die Erde nicht mehr rot ist.

Du hörst ein Plätschern, das in deinen Ohren zu einem Rauschen anschwillt. Du bist am Fluss Nyabarongo angelangt. Zwischen den Blättern erspähst du grüne Orangen und Mispeln. Gierig brichst du die Früchte auf, Kerne bersten heraus und gleiten an deinen Fingern entlang. Du isst sogar die dicke Schale, sie ist fest, fast wie Brot. Vögel unterhalten sich zwitschernd von Ast zu Ast. Die Mispelkerne spuckst du aus, sie erinnern dich an die bis zum Rand gefüllten Körbe, die deine Großmutter auf den Schultern trug. Ihre Arme erschienen dir so lang, dass du glaubtest, sie wären ausziehbar. Sie bückte sich und entledigte sich ihrer Last auf dem Tisch; der Korb glitt von ihrem Rücken wie Ware, die man von einem Schiff auf den Kai lud.

Du wischst über den Koffer, die Mispeln haben Spritzer auf der Hülle hinterlassen. Du ziehst einen feuchten Bogen auf dem glänzenden Leder, den du mit den Fingerspitzen immer wieder nachfährst. Ohne Stift malst du ein Haus, einen Baum und Männer, die mit ausgestreckten Armen auf dem Boden liegen. Du weißt sehr wohl, was in deinem Heimatdorf geschehen ist, weil du die Schreie selbst vom Bananenfeld aus hören konntest. Gewehrsalven durchbrachen die Wolken, bevor sie in der Ferne verklangen. In deinem Koffer lagen hastig hineingeworfene Kleidungsstücke, etwas zu essen und eine Feldflasche, die deinem Vater gehört hatte. Nach den Schüssen bist du nicht nach Hause zurückgekehrt, du hast die präzisen Anweisungen deiner Großmutter genau befolgt.

Du hast Bauchschmerzen, dein Magen rumort erst ein wenig, dann folgen starke Krämpfe wie Messerstiche. Instinktiv flüchtest du dich in deinen Koffer. Deine Finger riechen noch nach der bitteren Orange. Eingelullt vom Plätschern des Wassers und dem Gesang der Vögel im Blattwerk, schläfst du ein.

Suzanne gibt die Arbeitsblätter zurück und ruft dabei jeden Schüler auf. Nacheinander kommen sie zum Pult und holen ihre Texte ab. Suzanne lächelt denjenigen mit den gelungensten Texten zu. Als Arsène nach vorn kommt, flüstert sie: »Großartig! Weiter so!«

Der Junge unterdrückt ein verschüchtertes Lächeln und bedankt sich leise. Er will den Stolz verbergen, der sich in seinem Gesicht spiegelt. Suzanne hat allein Augen für ihn, dennoch zwingt sie sich, nur die anderen Schüler anzuschauen. Arsènes Koffer fasziniert sie, er hat ihre Lust zu schreiben geweckt. Beim Lesen von Arsènes Text hatte sie schnell begriffen, dass er eine ganz besondere Bindung zu dem Gegenstand hat. Suzanne ist sich darüber im Klaren, dass die Auseinandersetzung mit Geheimnissen heikel werden kann, dass Erinnerungen undurchdringlich sein können.

Eine solche Arbeit erfordert Geduld und Ausdauer, und Suzanne weiß, dass das Ergebnis von ihrer Methode abhängt. Sie weiß, dass sie Strenge, aber auch Güte an den Tag legen, dass sie fordern, aber auch Vertrauen aufbauen muss.

Sie sammelt sich und schreibt die nächste Aufgabe an die Tafel. Auf das »Datenblatt« folgt der zweite Schritt: die Geschichte des Gegenstands. Sie verwendet die Wörter »Fiktion« und »Realität«, um den Sinn dieser Übung zu verdeutlichen. Nach ein paar Minuten fasst Suzanne die wesentlichen Punkte zusammen.

Eine Geschichte besteht aus mehreren Teilen:
- der Anfangssituation
- dem Konflikt
- der Lösung
- dem Schluss.

Mit fester Stimme erläutert Suzanne ihre Qualitätsansprüche, die sie an den Fingern abzählt. Die Klasse lauscht andächtig.

»Ich will kurze Sätze. Ich bestehe auf korrekter Kommasetzung und Rechtschreibung. Gliedert eure Texte in Absätze. Vermeidet Wiederholungen und, bitte, lest euch unbedingt alles noch einmal durch, ehe ihr abgebt. Habt ihr noch Fragen?«

Im Klassenzimmer hätte man eine Stecknadel fallen hören können.

»Ihr könnt mich jederzeit ansprechen, wenn ihr Fragen oder Probleme habt. Dafür bin ich da. Ich danke euch, bis nächste Woche.«

Du schläfst unruhig, mitten in der Nacht holen dich die Erinnerungen ein. Du wälzt dich hin und her, um im Schlaf endlich Vergessen zu finden. Die Straßenlaterne scheint in dein Zimmer, das Linoleum glänzt in der Nacht wie eine glatte Wasseroberfläche. Kein Laut ist zu hören, nur der Kastanienbaum rauscht im Wind. In dieser Wohnung sind dir alle Geräusche vertraut. Der Wind pfeift durch die metallenen Fensterrahmen, er scheint dir etwas ins Ohr zu flüstern, unverständliche Botschaften, die du nicht entschlüsseln kannst. In Frankreich, in diesem zwölf Quadratmeter großen Zimmer, bist du in Sicherheit, so wie damals in deinem Koffer.

Deine Geschichte wirst du wohl nie zu Papier bringen, denkst du. Als du mit einer Hilfsorganisation nach Frankreich gekommen bist, hast du sie hinter dir gelassen, hast die Erinnerungen an Hunger und Durst verdrängt. Ein Lehrerehepaar hat dich adoptiert und sich dir ganz behutsam angenähert. Du und dein Koffer, ihr wart unzertrennlich. Sieben Nächte hast du in ihm geschlafen, das neue Bett machte dir zu große Angst. Das zerfetzte Leder verströmte noch ein wenig den Geruch von Ruanda.

Paule, deine Adoptivmutter, hatte eine zusammengefaltete Steppdecke hineingelegt, damit du weicher lagst. Du hast den Deckel nachts nicht mehr geschlossen, du musstest dich nicht mehr vor wilden Tieren oder Insekten schützen. Auf dem neuen Kontinent waren die Nächte hell und sternenlos. Du musstest nur an deinem Koffer riechen, und die vertrauten Gerüche deines Landes und der Angstschweiß stiegen dir wieder in die Nase. Manchmal war dir, als herrschte im Inneren des Koffers ein Gewimmel, als wäre dir dein Heimatland bis hierher gefolgt, in diese Pariser Wohnung, über das Meer, hinweg über Autobahnen, Schienen und den Parkplatz unter deinem Fenster, wo die Autos ordentlich nebeneinander parkten. Mit weit von dir gestreckten Gliedern, wie ein Hampelmann, schliefst du ein, du, der Junge, der sich doch Nacht für Nacht in diese enge Kiste hatte zwängen müssen. Du träumtest nicht mehr, du sprachst nicht mehr.

Deine Adoptiveltern zeigten dir die grundlegenden Verrichtungen: Duschen und Zähneputzen mussten sein. Schöne neue Kleidung erwartete dich jeden Morgen auf einem Stuhl in deinem Zimmer. Eine Woche nach deiner Ankunft wurdest du eingeschult, die Lehrer hatten die Anweisung, nichts von dir zu verlangen. Am Abend vor dem ersten Schultag hatte Paule dir erklärt, du könntest den Koffer leider nicht mit zur Schule nehmen, du müsstest ihn in deinem Zimmer lassen; aber sie versprach dir, dass er während deiner Abwesenheit nicht verschwinden würde. Du antwortetest nicht, du hattest deine Stimme immer noch nicht wiedergefunden, aber du nicktest, um zu zeigen, dass du verstanden hattest. Du legtest den Kopf auf den Arm deiner Adoptivmutter, um dir deine Bürde ein wenig zu erleichtern. Ihr zerriss es bei diesem Anblick fast das Herz. Sie schloss dich in die molligen Arme. Beide blicktet ihr stumm auf den Koffer. In jener Nacht bist du schlaftrunken unter die Bettdecke geschlüpft, die seit über einer Woche auf dich wartete. Steif wie ein Brett, Arme und Beine fest an den Körper gepresst, lagst du da. Du erinnertest dich an Nächte, in denen du mit deinem kleinen Bruder Kopf an Fuß schliefst, im Schlaf trat er nach dir. Hier musste man sich nicht ständig ins Gesicht schlagen, um die Fliegen zu verscheuchen. In dem neuen Land gab es keine Insekten, bloß graue Vögel und gut erzogene Hunde und Katzen.

Du lagst auf dem Bauch, etwas fehlte dir, du konntest nicht einschlafen. Mit einer entschlossenen Handbewegung zogst du den Koffer zu dir ans Bett, lehntest ihn an die Bettkante und legtest deine Hand hinein. So warst du immer mit ihm in Kontakt. Das gab dir Sicherheit; während dein Arm aus dem Bett baumelte, schliefst du innerhalb weniger Sekunden ein.

Beim Aufwachen flüsterten deine Adoptiveltern im Flur; sie betrachteten dich lächelnd durch die Tür, beobachteten diesen ersten Schritt, dieses erste Zeichen. Du schliefst in diesem Bett und hattest die beiden damit akzeptiert und in dein Leben gelassen. Deine Hand, die im Koffer lag, zeigte jedoch, dass du niemals vergessen würdest, was in deiner Vergangenheit geschehen war.

Die Mispelkerne sind so glatt, dass du weiter an ihnen lutschst. Sie liegen auf dem Boden verstreut, du hast alle Früchte vom Baum geholt. Du hast Magenkrämpfe. Du hast Schmerzen, die wohl so bald nicht vergehen werden. Das Wasser aus dem Bach hat alles nur noch schlimmer gemacht, heftige Krämpfe attackieren dich wie unsichtbare Gegner. Aber sogar in dieser Situation beruhigt dich der Koffer, mit an den Bauch gepressten Armen fliehst du wieder in deinen Kokon und rührst dich nicht mehr.

In dieser Nacht hattest du sehr lange geschlafen. Da öffneten sich deine Augen einen Spaltbreit, um dich herum Rumpeln und Poltern, etwas zerrte mit ruckartigen Bewegungen immer wieder am Koffer. Was immer da draußen war, es kam nicht auf die Idee, einfach den Deckel zu öffnen. Es bewegte den Koffer, hieb auf ihn ein, verlor die Geduld und brüllte wütend. Dann hielt es kurz inne und malträtierte ihn anschließend umso heftiger. Als sich dieses Etwas nicht mehr am Koffer zu schaffen machte, spürtest du, wie es dich umkreiste, wie es auf und ab schlich wie ein wildes Tier, das seiner Beute auflauerte. Plötzlich stürzte es sich wieder mit voller Wucht auf den Koffer, er hielt dem Angriff stand. Du hörtest ein wütendes Schnauben, die Bestie kratzte am Deckel und gab schließlich auf. Dann war kein Laut mehr zu vernehmen. Völlige Stille. Lange lauschtest du dem Bach und den Vögeln. Du hättest gerne nachgesehen, fürchtetest dich aber davor, den Deckel aufzustoßen. Deine Hand zitterte, du hattest Angst, es zu bereuen, aber die Neugier siegte.

Ganz leise hast du den Deckel einen winzigen Spaltbreit aufgeschoben und hinausgeblickt. Du wusstest genau, wo sich das Wesen befand, einige Meter entfernt am Bachufer, in der prallen Sonne, der Koffer aber lag am Fuße des Baumes. Deutlich erkanntest du den Umriss eines wilden Tieres, das Wache hielt, dabei witterte und die Augen zu Schlitzen zusammenkniff: eine schöne Löwin, die nur ihren Schweif bewegte. Durch die winzige Öffnung sogst du tief die frische Luft ein.

Stunden vergingen, endlose Stunden, in denen du regelmäßig nachsahst, ob die Löwin ihre Siesta beendet hatte. Du hattest großen Durst und wolltest ihn so gerne am Bach stillen. Ein Rudel war nicht zu sehen, die Löwin war ganz allein. Du hörtest ein Geräusch, sie erhob sich, reckte und streckte sich ausgiebig. Sie ging zum Fluss und trank ein paar Schlucke. Dann verschwand sie. Du warst verwundert, weil sie nicht noch einmal um den Koffer streifte. Sie verschwand einfach, nachdem sie am Wasserlauf Rast gemacht hatte. Ganz langsam öffnetest du den Deckel, ohne zu blinzeln suchtest du die Umgebung ab. Dann ranntest du zum Fluss und trankst dort gierig.

Was hättest du bloß ohne den Koffer gemacht? Dein Überleben hing von dieser ledernen Zufluchtsstätte ab, sie war dein Dach über dem Kopf, war die Wände um dich herum und der Boden. Mit dem kalten Wasser des Bachs wuschst du dir den Schweiß ab, spültest den Saft der Früchte von deinen Fingern. In jenem Moment sagtest du dir, dass du an diesem Ort bleiben solltest. Insgeheim hofftest du, dass man dich wiederfinden und zurück in dein Dorf bringen würde. Deine Gedanken waren verworren, du kamst dir vor wie auf einer einsamen Insel mitten im weiten Ozean.

Am Fuße des Baumes verbrachtest du den Nachmittag damit, Zweige zusammenzubinden und mit Kieselsteinen deinen Zufluchtsort einzufrieden. Dieser Kreis bot dir keinerlei Schutz, aber er symbolisierte einen Bereich, der dir gehörte, allein dir, der du doch seit Tagen in der Einsamkeit umherirrtest. Diese Abgrenzung entsprang einem starken Überlebenswillen.

Zwei Nächte verbrachtest du in deinem Domizil unter freiem Himmel, liefst wie ein Tiger im Käfig auf und ab. Tagsüber warst du das einzige Lebewesen, nachts aber spürtest du die Anwesenheit vieler Tiere, die am Fluss ihren Durst stillten. In deinen Koffer geschmiegt hörtest du, wie sie am ausgetrockneten Ufer entlangliefen. Vögel flogen herbei und setzten sich auf den Deckel, beulten das Leder ein. Du verscheuchtest sie mit Faustschlägen. Du hattest vor nichts mehr Angst. Aber was hätte dir auch noch Angst machen sollen?

Frühmorgens waren Tierspuren innerhalb deiner Einfriedung, die du mit den Füßen wegwischtest. Auf deinem Territorium duldetest du niemanden. Du schriest die Vögel auf ihren Ästen an, sie wurden wütend. Einer nach dem anderen verspottete dich.

Es war an der Zeit, den Koffer gründlich auszuwaschen. Der Fluss war unmittelbar vor deiner Nase. Du wusstest nicht, dass Leder sich nicht gut mit Wasser verträgt. Du hast ihn eingetaucht, und das kalte Wasser hat deinen Schweiß, deine Tränen, deinen Hunger, Durst und deine vergessenen Albträume fortgewaschen. Das Leder spannte sich, als es nass wurde: Die weiche Haut wurde hart und zog sich zusammen. Sie roch nach nassem Fell, nach feuchtem Raubtier. Du legtest den Koffer auf einen warmen Stein, auf den die Sonne schien. Im Inneren stand noch etwas Wasser, das nach dir roch. Dieser Koffer war zu einem Teil von dir geworden.

Suzanne geht einen Bürgersteig in der Nähe der Schule entlang. Ihre Schritte sind langsam, die anderen Passanten überholen sie. Die Straße ist abschüssig, das Fundament des Gebäudes aus der Haussmann-Epoche beschreibt eine Diagonale. Wie erstarrt bleibt sie einige Sekunden lang stehen. Ihr war dieses Haus so vertraut, sie hat dort die ersten elf Jahre ihres Lebens verbracht, in der zweiten Etage, hinter diesen fünf Fenstern zur Straße. Nur dort und in der fünften Etage gibt es einen langen Balkon mit verzinktem Geländer.

Reglos verharrt sie an Ort und Stelle. Die Tür ist verschlossen, Suzanne würde gerne hineingehen, aber es ist ein Gebäude ohne Eingang, eine Festung, die ihre Erinnerungen umschließt.

Sie will gerade weitergehen, einem Lebensabschnitt den Rücken zuwenden, als sich plötzlich die Tür öffnet. Sie erkennt das Geräusch sofort: ein Klicken, gefolgt vom metallischen Klappern der Verriegelung. Jemand kommt heraus, jemand anders geht hinein. Suzanne tritt über die Schwelle und erblickt weiter hinten den Hof mit seinen alten Stallungen. Sie wird von Gefühlen überwältigt. Über diese Schwelle zu treten lässt verdrängte Erinnerungen wiederaufleben, die immer gleichen automatischen Handgriffe von früher. Sie erkennt die Loge der Concierge wieder, ihren Briefkasten.

Alles ist wieder da, wirre Erinnerungen, die sie in einen wundersamen Gefühlszustand versetzen. Die Fliesen im Flur sind noch dieselben, ebenso die Steinplatten im Hof, in dreißig Jahren hat sich nichts verändert. Von außen sieht alles noch wie früher aus, es ist, als hätte sie gestern noch hier gewohnt. Suzanne würde gerne durch die nächste Tür das eigentliche Treppenhaus betreten, aber auf den Klingeln stehen nur unbekannte Namen.

Vielleicht sollte ich gehen, denkt sie, man muss seine Erinnerungen nicht mit Gewalt wecken. Sie zögert und drückt schließlich auf den Knopf mit den Initialen »L. B.«. Sie stellt sich darauf ein, konfus draufloszureden, schreckt davor zurück, die Stille dieser herrschaftlichen Wohnung zu stören, als plötzlich jemand die Tür öffnet und nicht einmal nach ihrem Namen fragt. Suzanne geht durch den blaugrau gekachelten Flur der Eingangshalle, erblickt links das erste Versteck ihrer Kindheit. Der Teppich auf den Treppen ist grün und rot, wie in ihren Erinnerungen. Sie muss zwei Etagen emporsteigen zu der Wohnung, die sie immer noch als »Zuhause« bezeichnet. Das Zuhause eines Vaters, der noch lächeln, trinken und reden konnte. Mit jeder Stufe kommt Suzanne, so scheint es ihr, dem verheißungsvollen Ort, der ihr Herzklopfen bereitet, ein Stück näher.

Suzanne erfasst ein Schwindel, sie klammert sich ans Geländer, um nicht zu stürzen. Auf dem ersten Absatz bleibt sie stehen, fasst sich; nur noch dreißig Stufen bis zu ihrer Etage. Ein Paar kommt schweigend die Stufen herunter, durchs Treppenhaus hallt Stimmengewirr, Suzanne grüßt knapp. Dreißig Stufen, um dreißig Jahre aufzuholen, jede Stufe symbolisiert ein Jahr ohne den Vater. Die ersten sind die schwierigsten, sie hält auf jeder einzelnen inne. Das nächtliche Weinen ist wieder da, die Ängste im Morgengrauen, der Kummer, ihre tief sitzenden Komplexe, der bleierne Schlaf an Schulvormittagen. Suzanne kämpft gegen das Weinen an, und dennoch rinnen ihr die Tränen still über die Wangen, die Gefühle überwältigen sie. Eine Frau kommt mit einer Tasche in der Hand die Treppen herunter, sie ist schwarz gekleidet und legt Suzanne wie zum Trost eine Hand auf die Schulter.

Die Wohnungstür steht offen, andere Menschen in Schwarz sind da, um zu kondolieren, sie sprechen nicht, sie flüstern. Suzanne wischt sich die Tränen ab, bereitet sich darauf vor, den Boden ihrer Kindheit zu betreten. Die Tür öffnet sich ein wenig mehr, als sie hindurchgeht, im Inneren der Wohnung sind viele Menschen. Mit gesenktem Kopf begrüßt Suzanne die Anwesenden, ein Kopfnicken und ein leises Bonjour. Sie bahnt sich einen Weg und versucht, sich unsichtbar zu machen.

Man geleitet sie ins Empfangszimmer, die Kamine sind immer noch da, und sie folgt den Zierleisten in das dunkelste Zimmer der Wohnung.

Trotz der vielen Menschen fühlt sich Suzanne ganz allein, die Umrisse verschwimmen, das Gemurmel verklingt. Sie hört nur noch das Flüstern des Windes im Kastanienbaum. Sie erinnert sich daran, wie sie vom Salon in den Flur gestürmt war, wenn die Wohnungstür aufging und ihr Vater endlich nach Hause kam.

»Ich kann diese Geschichte nicht aufschreiben, ich schaffe es einfach nicht, Madame.«

Suzanne fragt ihn nach dem Grund. Arsène antwortet, ohne sie anzuschauen, knetet dabei auf einem Radiergummi herum.

»Ich habe eine persönliche Beziehung zu diesem Koffer, und mir tut es weh, darüber zu sprechen …«

»Das verstehe ich, Arsène, aber möchtest du uns diese Geschichte erzählen oder nicht?«

Arsène überlegt und seufzt, als hätte sie ihn vor die Wahl gestellt, sein Geheimnis zu offenbaren oder auf ewig zu schweigen.

Langes Schweigen.

»Ich habe das noch niemandem erzählt, nicht einmal meinen Adoptiveltern«, antwortet Arsène.

Sanft streicht Suzanne ihm über die Hände und sucht Blickkontakt, der Junge aber schaut zu Boden. Er wippt unablässig mit dem rechten Bein.

Plötzlich schlägt er sich mit einem Ruck die Hände vors Gesicht und seufzt tief. Dann schaut er Suzanne an und bittet mit festem Blick: »Würden Sie die Geschichte für mich aufschreiben, Madame?«

Suzanne ist überrumpelt, sie sucht nach Worten.

»Ich erzähle Ihnen meine Geschichte ganz genau und von Anfang an. Ich habe nichts vergessen. Sie müssen wissen, dass es mich schon viel Überwindung kostet, überhaupt davon zu erzählen. Darüber schreiben kann ich einfach nicht.«

»Ich helfe dir, Arsène, du kannst dich auf mich verlassen. Wir machen das gemeinsam. Wir treffen uns regelmäßig, einmal in der Woche, außerhalb der Kurszeiten. Ich danke dir für dein Vertrauen.«

»Vielen Dank, Madame. Und können wir gleich anfangen?«

»Natürlich, wenn du möchtest. Wir haben eine halbe Stunde.«

Als müssten die Worte unbedingt aus ihm heraus, beginnt Arsène, leise zu erzählen, er murmelt wie bei einer Beichte. Suzanne macht sich Notizen, hängt an seinen Lippen und lauscht dem Schreckensbericht. Während Arsène redet, gestikuliert er wild. Auf einmal ist er ebenso gesprächig, wie er zuvor schweigsam war. Suzanne entgeht nichts. Sein Bericht ist derart eindringlich, dass sie das Aufschreiben vergisst.

Sie kann die Erinnerungen, die nach all den Jahren der Stille aus ihm hervorsprudeln, nicht bremsen. Arsène erzählt in allen Einzelheiten, er hat nichts vergessen.

Suzanne hört es sich an; er weckt ihr eigenes Gedächtnis, als wären seine Erinnerungen auch die ihren.

Durch die Glasscheibe der Tür kann man die beiden vom Flur aus bei ihrer Unterhaltung sehen. Es ist, als würde die Zeit in diesem Klassenzimmer stillstehen.

Suzanne geht zur Wohnung, der Ort zieht sie magisch an. Ganz vorsichtig öffnet ihr die Witwe, hinter der Türkette ist ihr besorgtes Gesicht halb verdeckt. Suzanne stellt sich vor und bittet um Einlass. Die alte Frau macht einen verwirrten Eindruck, bittet sie aber, im Wohnzimmer Platz zu nehmen. In einer Ecke des großen Zimmers unterhalten sich die beiden Frauen leise. Die Worte sind schwer, langes Schweigen dazwischen macht sie leichter.

Suzanne versetzt sich und ihre Gastgeberin zurück in die Zeit vor dreißig Jahren, als das Kommen und Gehen der Wohnungsinteressenten die Tage des Mädchens bestimmte. Die Kleine verkroch sich in ihrem Zimmer und sagte den Eindringlingen nie Guten Tag, als wären sie gar nicht da. Das Geschwätz der Immobilienmakler hallte in den Fluren wider und verklang im Treppenhaus. Suzanne konnte diese affektierten Stimmen auf den Tod nicht ausstehen. Ihre Mutter empfing sie immer mit einem Lächeln, beantwortete die vielen Fragen. Nichts in ihrer Stimme verriet, wie eilig sie es hatte, diese Wohnung zu verlassen, die in ihren Augen zu einem Grab unter freiem Himmel geworden war.

Suzanne hingegen schwieg, aber alles in ihr schrie danach, zu bleiben, weiter zwischen diesen Wänden zu wohnen, wo ihr die Umarmungen des Vaters nun fehlten.

Woanders hinzuziehen erschien ihr, als würde sie ihren Vater zum zweiten Mal verlieren.

An die kleine Suzanne kann sich die jetzige Eigentümerin noch erinnern. Sie hatte sich damals in die Wohnung verliebt und Suzannes Mutter zahlreiche Fragen zu den Nachbarn, der Heizung, der Abstellkammer und anderen Dingen gestellt. Währenddessen zupfte die Kleine ihre Mutter wieder und wieder am Rock, sie wollte dem Gespräch ein Ende setzen. Sie fiel ihrer Mutter ins Wort, und ihre unablässigen »Maman!«-Rufe klangen jämmerlich. Das Mädchen wurde zurechtgewiesen. Daraufhin hatte Suzanne mit feindseliger Miene dem lebhaften Gespräch der beiden Frauen gelauscht. In jenem Augenblick hätte sie am liebsten alles in Brand gesetzt, einfach endlos geschrien oder die Wohnzimmerfenster zerschmettert. Alles, um diesem höflichen Gerede ein Ende zu setzen. Aber sie tat nichts davon, ging zurück in ihr Zimmer, strich mit den Fingerspitzen über die Wand. Sie malte unsichtbare Buchstaben auf die matte Farbe, die sie mit dem Handrücken gleich wieder wegwischte.

An jenem Tag verstummte Suzanne, die Wut und die Frustration waren einfach übermächtig. Kein Laut drang mehr aus ihrem Mund. Worte drückten eine Leichtigkeit aus, die sie wohl für immer verloren hatte.

Im Eingangsbereich stapeln sich Kisten. Suzannes Zimmer ist noch nicht ausgeräumt, es ist der einzige Bereich, der noch vor den zerstörerischen Händen ihrer Mutter verschont geblieben ist, die die Dinge aussortiert und sich ihrer guten und schlechten Erinnerungen entledigt. Über die Sachen des Vaters muss man am sorgfältigsten nachdenken, seine alten Anzüge für die Altkleidersammlung häufen sich im Flur. Die anderen Dinge, die herumliegen, scheinen nutzlos. Die Mutter schleppt sich von Zimmer zu Zimmer, ihre Wegwerfwut weicht allmählich der Mutlosigkeit. Diese Wohnung ist bloß noch ein Kistenlager, ein Zwischenlager für die Vergangenheit. Das Mädchen harrt in seinem Zimmer aus, hält dort die Stellung, verhindert den Einmarsch und durchkreuzt die Pläne der Mutter.

Nach nur einem Tag in der Schule ist auch ihr Zimmer leer, nackt. Suzanne sehnt sich danach, mit der Wohnung zu verschmelzen, auf immer und ewig ein Teil von ihr zu sein. Des Nachts irrt sie von Zimmer zu Zimmer, legt den Kopf an die Wohnungstür, die doch immer geklappert hatte, wenn der Vater viel zu spät heimkam und seinen Schlüssel ins Schloss steckte. Wie soll er uns denn wiederfinden, wenn wir wegziehen? Suzanne vergisst, dass er nicht mehr da ist und keine Schlüssel mehr hat.

Stimmen tönen durch die Zimmerflucht, die Wohnung ist nur noch eine Hülle, die bald neue Menschen und ihre Geschichten willkommen heißen wird. Die väterlichen Spuren werden unter einer neuen Farbschicht verschwinden, der Duft seiner Pfeife im Wohnzimmer wird von den Lösungsmitteln überdeckt, mit denen das Parkett abgebeizt wird. Die eingebauten Spiegel haben sein Bild längst vergessen. Suzanne weiß, dass sie nur Dinge mitnehmen kann, keine Erinnerungen. Deswegen versteckt sie ein Blatt Papier im Kamin. Dieser klägliche Akt richtet sich gegen das Vergessen, oder vielmehr gegen ihre Angst zu vergessen.

Ihre Schreie und Tränen am nächsten Morgen nützen nichts. Sie klammert sich an die Türen, stemmt beide Füße gegen die Dielenbretter, um den Abschied hinauszuzögern, fleht ihre Mutter an, doch zu bleiben. Ihr Betteln wird nicht erhört, mit dem rechten Arm hält sie sich an einer Tür nach der anderen fest. Die Tochter widersetzt sich dem Plan der Mutter. Gehen bedeutet, das Vergessen zuzulassen. Die Tränen sind vergeblich, sie muss sich ihrer Mutter fügen, die mehr und mehr an Boden gewinnt. Die Eingangstür ist nicht mehr weit, Suzanne hat keine Kraft mehr, sie gibt auf.

Mit verschleiertem Blick sieht sie noch die eckigen Stuckleisten, die Fußleisten und Türpfeiler. Der Kastanienbaum scheint sich zum Abschied zu verbeugen. Dort, mitten im Wohnzimmer, steht ein Mann mit dem Rücken zu ihr. Suzanne will sein Gesicht sehen, aber eine Hand schiebt sie vorwärts, zwingt sie zum Gehen. Die Silhouette ist verschwunden, Suzanne verlässt den Ort mit Tabakgeruch in der Nase. Sie hört Schritte, die auf das Fenster zugehen, die zur Straße geöffneten Flügel lassen die Geräusche der Stadt herein. Die Tür fällt mit einem lauten Knall ins Schloss.

Die Witwe ist eingenickt. Seit Tagen konnte sie nicht mehr schlafen. Suzanne sitzt ihr gegenüber. In der Wohnung herrscht Totenstille, die Dämmerung bricht allmählich herein. Grelle Beleuchtung hätte Suzanne bei der Reise in die Vergangenheit gestört. Für sie birgt die Wohnung das Geheimnis ihrer Kindheit, ein Rätsel, das ihr bis heute unlösbar erscheint. Sie hätte sich damals die Auffassungsgabe eines Erwachsenen gewünscht, dann hätte sie im Gesicht ihrer Mutter lesen können, was diese ihr nicht mitteilen konnte: »Dein Vater ist tot.« Das Wort »verschwunden« sagte alles und nichts, es erklärte die Abwesenheit, aber nicht die Endgültigkeit, verdeutlichte nicht, ob der Abschied geplant oder ungeplant war, ließ keinen Raum für Wiederkehr, so als hätte sich der Verstorbene einfach in Luft aufgelöst.

Suzanne hatte lange auf eine unerwartete Rückkehr gewartet, ohne diese Hoffnung jemals zu zeigen. Sie war eine Meisterin im Verbergen ihrer Gefühle geworden:

Ihr Gesicht glich einer Festung, die niemals belagert worden war. Ihre Miene ließ so wenig wie möglich erkennen, ihre Augen blinzelten nicht, reagierten nicht mehr auf äußere Ereignisse, kein Lächeln umspielte ihre Mundwinkel.

Die Witwe ist wieder aufgewacht, Suzanne lächelt sie an. Dicke Wolken ziehen vorüber, der Salon wird von Schatten und Licht erfüllt. Suzanne geht mit ihrer Gastgeberin durch die Räume ihrer Kindheit: Im Zimmer ihrer Eltern zeigen zwei Fenster zum Hof. Verschwommene Erinnerungen steigen in ihr auf, besonders von ihrem Vater, der eingenickt war. Als sie einmal auf Zehenspitzen um sein Bett herumschlich, hatte sie ihn schlafend, aber mit weit offenen Augen daliegen sehen. Suzanne hatte sich vorgestellt, dass ihr Vater selbst im Tode die Augen nicht schließen würde.

Die Holzdielen knarren immer noch, wecken Erinnerungen an ein vergangenes Leben. Damals tippte ihre Mutter auf einer Schreibmaschine, flink huschten ihre Finger über die Tasten. Dieses Klappern gehörte einfach zur Wohnung, wie das Pfeifen des Dampfkessels oder das Brummen des Staubsaugers. Ein Geräusch versetzte Suzanne mehr als alles andere in Begeisterung: das Klappern der Schlüssel im Schloss, das in jedem Winkel der Wohnung zu hören war. Die lachenden, obgleich müden Augen ihres Vaters musterten sie wie die eines Tieres, das nach Liebe lechzte.

Einziger geretteter Gegenstand: sein Rasierer. Auf dem metallenen Griff finden sich noch Spuren von Rasierschaum und kalkigem Wasser. Am wertvollsten sind die Bartstoppeln zwischen den beiden Klingen. Suzanne verwahrt dieses Objekt wie eine Reliquie, einen Schatz aus einem früheren Leben. Der gewundene Griff fuhr über seine Haut, glitt mehrfach über die schlecht zu erreichenden Stellen. Anschließend wurden die Klingen abgewaschen.

Suzanne lauschte gern auf die Geräusche bei diesem täglichen Ritual, und ihr gefiel es, wie ihr Vater immer wieder neue Ansichten seines Gesichts bot, von vorn und im Profil, wenn er nach Resten von Rasierschaum suchte und diese dann mit einem Handtuch wegwischte. Am meisten mochte sie die Mimik ihres Vaters, die sie an einen Schimpansen erinnerte. Wenn er sich mit beiden Händen auf die Wangen klatschte, war die Toilette offiziell beendet.

Seit Monaten hat dieser Rasierer keine neuen Klingen mehr gesehen, ist nicht mehr mit Wasser in Berührung gekommen.

Suzanne hatte ihn zwischen anderen Dingen entdeckt, die in der Wohnung herumlagen, und entwendet. Ihre Beute verwahrt sie in einer Schachtel, die sie gut versteckt. Manchmal breitet sie die Manschettenknöpfe, die Pfeifen, die Schere und das Rasiermesser vor sich aus. Sie würde diese Gegenstände gerne noch näher untersuchen, sie durchdringen, mit ihrer Hilfe den Abwesenden zurückrufen. Insgeheim ist Suzanne fest davon überzeugt, dass diese Objekte genügen, um ihn wieder zum Leben zu erwecken, dass sie ihn zurückholen, die Tür öffnen, die sie von ihm trennt. Auch jetzt noch, in ihrem Alter, ist nichts wahrscheinlicher als ein Wunder, ihre Fantasie trotzt dem Unmöglichen, setzt sich über das Undenkbare hinweg. Ihr kommt der Gedanke, diese Gegenstände zu erfassen, sie einen nach dem anderen auf Karteikarten aufzulisten, als handele es sich um wissenschaftliche Daten. Mithilfe einer Lupe schreibt sie:

Datenblatt Nr. 1: Rasierer

1. Bei dem Gegenstand handelt es sich um einen mechanischen Rasierer Gillette GII-TracII-A3.
2. Der Rasierer ist aus Chrom, der Griff ist geriffelt.
3. Er ist 13 cm lang.
4. Dieser Gegenstand wurde in einer Fabrik in Amerika produziert.

5. Er wurde 1980 hergestellt.
6. Ich habe mir diesen Gegenstand ausgesucht, weil mein Vater ihn jeden Morgen benutzt hat.

Datenblatt Nr. 2: Pfeife

1. Es handelt sich um eine alte Pfeife.
2. Der Griff ist aus Ebenholz und der Kopf aus Meerschaum.
3. Sie ist 12 cm lang.
4. Diese Pfeife wurde in Kleinasien hergestellt, im Tiefland von Eskişehir zwischen Istanbul und Ankara.
5. Sie wurde Anfang des 20. Jahrhunderts hergestellt.
6. Sie stammt aus der Türkei, dem Heimatland meines Vaters. Er mochte sie sehr und zeigte sie häufig Gästen.

Suzanne könnte ebenso gut die Daten des Pfeifenstopfers aus Elfenbein und Messing aufschreiben. Oder die der Holzkiste, in der noch drei Zigarren liegen, deren Duft sie tief einatmet, so, wie es damals auch ihr Vater gemacht hatte.

Ihre schöne Handschrift hat den Vater nicht zurückgeholt. Er hätte doch für einige Sekunden auftauchen können, aber der Zauber hat nicht gewirkt. Beharrlich verfasst sie ein weiteres Datenblatt, womöglich das letzte.

1. Jean Nour Ghata.
2. Geschlecht: männlich.
3. Größe: 1,73 m.

4. Geboren in Beylerbey (Istanbul).
5. Geboren am 20. April 1927, gestorben am 6. Oktober 1981 in Paris.
6. Ich habe ihn ausgesucht, weil er mein Ursprung ist, mein Schmerz.

Wie eine Diebin hat Suzanne von ihrem Vater beschriebene Blätter gesammelt und aufbewahrt. Seine Handschrift ist regelmäßig und leicht nach rechts geneigt. Suzanne verbringt Stunden damit, einzelne Wörter auszuradieren und dann wieder aufzuschreiben. Sie verkrampft die rechte Hand, presst die Mine auf die alten Abdrücke und Rillen. Suzanne verbietet sich ihre runden, kindlichen Buchstaben, die Schrift des Vaters ist nüchtern, schnörkellos. Mit dem Handrücken wischt sie die Radiergummikrümel weg. Während sie die Worte penibel nachfährt, glaubt sie, sie könnte ihn durch sich selbst am Leben erhalten.

Ihre Mutter hingegen verarbeitet ihre Trauer durch einen langen Roman über den Verstorbenen, den sie auf der Schreibmaschine tippt, während die Tochter versucht, den Vater mit nahezu fetischistischen Ritualen wiederzubeleben. Suzanne schreibt seinen persönlichen Dingen eine mystische Kraft zu, eine übernatürliche

Macht. Ihre Konzentration ist ebenso stark wie ihre Hoffnung. Mit geschlossenen Augen fordert sie ihn auf, nach zwanzig Sekunden – die sie laut abzählt – zu erscheinen. Sie gibt ihm noch zehn Sekunden, aber nichts passiert. Ihr Vater, wo immer er auch sein mag, ärgert sie, er durchkreuzt ihre Pläne. Sie findet für dieses Versäumnis keine Entschuldigung.

Während ihre Mutter ziellos durch die Wohnung irrt oder den ganzen Tag im Bett bleibt und schwarz verkrustete Kaffeetassen ansammelt, führt Suzanne Tag für Tag dasselbe Experiment durch, untermalt die Aufforderungen an den Vater mit komplizierten Formeln. Das Wunder geschah, als sie am wenigsten damit rechnete. Mit geschlossenen Augen zählte sie laut, als in der fünften Sekunde etwas passierte.

»Acht, sieben, sechs, fünf ...« Sie flüsterte die Zahlen in den leeren Raum. Ein vertrauter Geruch breitete sich im Zimmer aus. Suzanne öffnete die Augen, bevor sie fertig gezählt hatte. Eine feine Wolke umgab sie, als wollte sie sie festhalten. Ein würziger Duft legte sich auf ihre Haare und Kleider. Sie erkannte den zyprischen Tabak ihres Vaters, eine unverkennbare Mischung aus Vanille und Lakritz. Suzanne schloss die Augen, als könnte sie so besser riechen, und saugte diesen Duft mit einem einzigen tiefen Atemzug ein, sie stand wie festgenagelt, wollte die Aromen bis aufs Letzte in sich aufnehmen, nichts vergeuden: Ihr Vater erfüllte das ganze Zimmer.

All dies dauerte nur wenige Sekunden, und Suzanne konnte wieder lächeln. Der verschwundene Vater hielt sich immer noch in dieser Wohnung auf und gab gut acht, die Lebenden nicht zu stören. Der Geruch löste sich auf, ein paar Sekunden später war die Aura des

Vaters verflogen. Suzanne ließ das Fenster geschlossen: Kein Windhauch durfte ins Zimmer dringen.

Sie verlangte keine Zeichen mehr von ihm, sie wusste, dass es zu nichts führte, ihren Vater ständig zu drangsalieren. Sie sprach weiter mit ihm, ohne etwas von ihm zu fordern, und versuchte, ihm über seine Habseligkeiten nahe zu sein.

Wenn ihre Mutter aus dem Haus war, spielte sie manchmal das väterliche Ritual der Rasur nach und achtete peinlich genau auf die richtige Ausführung. Sie imitierte seine Handbewegungen, spülte nicht vorhandene Bartstoppeln von der Klinge. Anschließend schlug sie sich sachte auf die Wangen und schraubte den Flakon mit dem Rasierwasser wieder zu. Mit großer Genauigkeit perfektionierte Suzanne den Ablauf.

Ihre Mutter sah nichts von alldem, aber sie wunderte sich über den Geruch nach Rasierschaum im Badezimmer oder über herumliegende alte Krawatten. Erst sehr viel später erfasste sie den Sinn dieser Nachstellungen. Sie verstand endlich, was sich hinter verschlossenen Türen in der trauernden Wohnung abspielte. Eines Abends, als Suzanne eigentlich schon tief und fest schlafen sollte, schaute die Mutter zu ihr ins Zimmer, weil noch Licht durch den Türspalt fiel. Suzanne schreckte auf: Sie hielt eine Pfeife in der Hand und hatte vergeblich versucht, sie anzuzünden, der viel zu fest gestopfte Tabak brannte nicht. Alle Utensilien waren auf der Bettdecke ausgebreitet: die Tabaksdose und eine große Schachtel Streichhölzer aus der Küche. Ihre Mutter sagte kein Wort und schloss die Tür, als hätte sie nichts gesehen.

Du kannst nicht länger hierbleiben. Hier ist keine Menschenseele, und das bleibt wahrscheinlich auch so. An jenem Morgen bist du ganz mutlos. Seit fünf Tagen wanderst du die kurvenreiche Straße entlang. Sie schlängelt sich durch Landschaften, von deren bloßer Existenz du nichts geahnt hattest. Wenn du umkehren müsstest, würdest du dein Dorf nicht mehr wiederfinden. All die Hügel sehen gleich aus, und es erscheint dir unmöglich, auch nur noch einen einzigen zu überwinden, nachdem du doch jedes Mal gedacht hattest, dass hinter dem nächsten ein Dorf liegen müsste. Wo sind sie bloß alle? Wilde Tiere und Insekten sind die einzigen Lebewesen in diesem Landstrich.

Starker Wind flüstert dir etwas ins Ohr, er scheint dich voranzutreiben. Die Windböe schleudert dich und deinen Koffer in ein unbekanntes Land. Deine Schritte sind schneller als sonst, du hast das Gefühl zu rennen, die Böen sind so stark, dass du fast davonfliegst. Der Koffer wird durchgerüttelt, schaukelt von hinten nach vorn. Du würdest gerne stehen bleiben und Wasser lassen, der Wind lässt dich nicht verschnaufen. Anhalten kommt nicht infrage, du musst diesem Marschbefehl folgen, weiter und immer weiter. Da du nicht anhalten kannst, rinnt dir heißer Urin über Schenkel, Waden und Knöchel hinab. Kein Schmerz war je so heftig.

Du würdest den Koffer am liebsten loslassen, aber nun scheint er sich an deine Hand zu klammern. Du möchtest stehen bleiben, aber die Sturmböe zwingt dich vorwärts, drängt dich über eine immer karger werdende und rissige Erde ohne eine einzige Unebenheit. Der Wind hat sich in einen Sturm verwandelt, einen Orkan. Du frierst bitterlich, die Stofffetzen deiner feuchten Hose sind eisig. Seit mehreren Stunden marschierst du auf Befehl dieser hartnäckigen Stimme dahin, dann hört der Wind auf. Er hat dich an den Rand eines Gebiets geführt, wo Landwirtschaft betrieben wird.

Du erkennst wellige Dächer, Felder, die mit Büschen eingefriedet sind. Durch den Dunst siehst du verschwommen eine Farm inmitten des Weidelandes. Ein Geruch nach verbranntem Holz und Tod lässt dich zurückweichen. Der Nebel lichtet sich, als du weitergehst. Vieh liegt reglos auf dem freien Feld. Notdürftig begrabene Gebeine ragen aus der Erde hervor. Nun hast du Angst, aber etwas in dir zwingt dich weiter, du rennst die Terrassenfelder hinunter. Nichts regt sich, nur Insektenschwärme schwirren als unförmige Gebilde durch die Luft. Deine Hand ist feucht, du suchst nach Wasser. Das Haus hat keine Tür mehr, in der Ferne siehst du Körper am Boden liegen. Die Bewohner waren abgeschlachtet worden, während sie ihre alltäglichen Arbeiten verrichteten.

Beim Weitergehen musst du dir die Nase zuhalten, weil du den Verwesungsgeruch nicht mehr aushältst. Der Wind wirbelt eine Staubwolke auf. Du bist auf einer Tutsi-Farm.

Du gehst um die Tierkadaver herum und bemühst dich, die Leichen nicht anzuschauen, die gleich vor dem Haus nachlässig aufeinandergeworfen liegen. Vertrocknete, zerstückelte Körper. Du flüchtest dich in ein Haus, das weder Türen noch Fenster hat. Du nimmst dir die Reste, die noch auf den Tischen liegen: Maniokwurzeln und Sorghum-Stängel. Dir ist, als würdest du Steine essen, so hart sind die Speisen. Am Himmel kreisen Aasvögel.

Dank der Wasservorräte kannst du dich mit Seife waschen, fünf Tage des Herumirrens von dir abspülen. Dieses Bad löscht fast deine Erinnerungen aus. Das rußgeschwärzte Haus ist leer, aber die Schreie scheinen noch in der machtvollen Stille widerzuhallen, die auf allem lastet. Vom Viehstall steht bloß noch eine Wand. Mit einem Tuch wischst du über deinen Koffer, polierst das stumpfe und raue Leder. Der Schlaf übermannt dich, du legst dich in deinen Koffer und schließt wie immer den Deckel. So kannst du am besten diese Welt ausschließen, ihrer Grausamkeit entfliehen.

Nach wenigen Sekunden warst du eingeschlafen, ohne dich noch einmal zu rühren. Ein Haus bedeutete mehr Sicherheit, du fühltest dich doppelt beschützt, doppelt bewacht. Lange hast du geschlafen in der Stille dieses Hauses, dessen Bewohner fehlten. Die ständigen Geräusche aus der Wildnis störten deinen Schlaf nicht mehr.

Als du erwachtest, glaubtest du einen Augenblick lang, dass alles nur ein Albtraum war, aber die Leichen auf dem Boden zerstörten die Illusion sehr schnell. Dieser Ort glich einem Grab unter freiem Himmel. Stumme Häuser sind Grabstätten.

Zwei ineinander verkeilte Körper. Arsène kämpft, hält den Atem an, um seine Kraft zu bündeln. Der Schulhof mit seinem Kindergeschrei übertönt die Prügelei. Arsène schlägt sich, um sich für das bissige Gespött seiner Klassenkameraden zu rächen. Breitbeinig und mit angespannten Waden stehen sie sich gegenüber und prügeln aufeinander ein. Monsieur Benoit, der Sportlehrer, trennt die Jungen.

Arsènes Gesicht ist vor Hass und Zorn verzerrt. Der Lehrer packt die Streithähne grob an den Schultern und bugsiert sie ins Büro des Direktors. Er schnauzt sie an, damit sie sich beruhigen. Die anderen weichen ihnen aus. Arsène verbirgt seine Tränen, sie stehen für seine alten Ängste, lassen ferne Erinnerungen an die trockene und pelzige Zunge wieder lebendig werden. Der Angreifer beschuldigt Arsène, er habe mit einer Beleidigung den Streit angefangen. Der Atem der Jungen geht wieder normal, sie blicken zu Boden und hören der tiefen Stimme des Direktors zu, der mit ihnen Tacheles redet. Arsène versucht gar nicht erst, sich zu verteidigen; er ist weit weg, in einer anderen Welt, am Rande der Menschheit. Der Direktor handelt die Angelegenheit schnell ab und droht beiden Jungen mit einem dauerhaften Verweis: »In der Schule und auf dem Schulgelände will ich keinerlei Gewalt mehr sehen«, ermahnt er sie streng.

Arsène würde ihm gerne erklären, dass Beleidigungen viel mehr schmerzen als Schläge, dass er einfach reagieren musste. Seine Wut kam so plötzlich, dass er sie nicht mehr im Zaum halten konnte. Warum sollte er sich wegen der langen Sitzungen hinter verschlossenen Türen mit »Madame Suzanne« schämen, in denen er ihr seine Geschichte erzählte, eine Geschichte, die er selbst nicht zu Papier bringen konnte? Bei den Hänseleien war er ausgerastet, der Impuls, zuzuschlagen, hatte ihn selbst überrascht, weil er es nicht gewohnt war, seine Fäuste zu benutzen.

Die Stunden in diesem Klassenraum, in denen er das Unaussprechliche zu sagen, das Undenkbare zu beschreiben versuchte, verlangten ihm angestrengtes Nachdenken ab. Die Sticheleien dieses blöden Mitschülers machten alles zunichte. Er erzählte seine Geschichte und durchlebte sie dabei noch einmal, ließ sie nicht bloß wieder aufleben. Nur Worte konnten Arsène heilen.

Suzanne legt ihre Hand auf die von Arsène. Sie hat von dem Vorfall Wind bekommen. Der Klassenlehrer hatte sie ausführlich über die »Angelegenheit« informiert und sie darauf hingewiesen, dass weitere Auseinandersetzungen auf dem Schulgelände nicht mehr toleriert würden. Er weiß auch, dass der andere Schüler Arsène provoziert und so zum Ausrasten gebracht hat.

Arsène ist stumm, Suzanne gelingt es nicht, ihm die Fortsetzung seiner Geschichte zu entlocken. Sie legt eine Hand auf seine, sagt, dass eine Pause ihm vielleicht guttun würde. Instinktiv blickt sie durch das Fenster auf die große Eiche im Pausenhof. Hier geht es ganz eindeutig um einen Baum, den seiner Vorfahren, und um einen abgebrochenen Zweig. Arsène gibt auf, er ist wie jener Teil des Zweigs, in dem kein Saft mehr fließt. Die Schnittstellen sind äußerst empfindlich, die Wunden bluten noch: Arsène, der kranke Zweig, er leidet. Suzanne klappt ihren Notizblock zu und sucht seinen Blick. Sie drängt ihn nicht, sie lässt das Kind in jenem verlassenen Haus inmitten eines Geisterdorfs zurück, dort, wo die Geschichte beim letzten Mal endete.

Arsène steht auf und verlässt das Klassenzimmer. Mit dem Zuschlagen der Tür flieht er vor der Geschichte, vor seiner Geschichte. Der Wind wirbelt durch den Hof und um die große Eiche. Gedankenverloren starrt Suzanne aus dem Fenster und erinnert sich an lange Schulstunden in diesem Gebäude, in denen sie den Baum beobachtete, wie er sich im Wechsel der Jahreszeiten veränderte. Der Anblick des Baumes half, man konnte diesem Ort entfliehen, der Langeweile ein Schnippchen schlagen, und die ängstlichen Kinder fassten Mut. Suzanne vermisst Arsène bereits, seine bewegende Erzählung heilt ihre Wunden, lindert ihren eigenen Schmerz, das Gefühl der Verlassenheit. Versuchten sie nicht beide, nach einer Verletzung wieder auf die Beine zu kommen? War nicht bei beiden die klaffende Wunde ein Grundstein ihrer Existenz? Der eine redet, die andere schreibt, beide suchen nach sich selbst. Suzanne hat nicht dasselbe durchgemacht wie Arsène, aber sie kann sich sehr gut vorstellen, wie es ist, damit zu leben.

Suzanne steht auf, ihr Notizblock bleibt heute leer. Sie schaltet das Licht aus, schließt die Tür hinter sich und geht zur Treppe, die Arsène vor wenigen Minuten Hals über Kopf hinuntergestürmt ist.

Sie muss bis morgen oder sogar noch länger warten, bis sie erfahren wird, wie das Kind und sein Koffer in diesem ausgestorbenen Dorf überleben konnten.

Suzanne drückt auf die Gegensprechanlage des Hauses, in dem sie früher gewohnt hat. Sie besucht die alte Dame gerne. Beide haben sie einen geliebten Menschen verloren. Das Hinscheiden ihres Mannes in dieser Wohnung spiegelt den Tod von Suzannes Vater. Mit einem Abstand von dreißig Jahren waren die beiden Männer im selben Raum gestorben, dem Elternschlafzimmer. Die alte Dame bemüht sich, Suzanne zu trösten, und vergisst dabei, dass sie selbst Grund zur Trauer hat. Dreißig Jahre sind vergangen, dennoch ist Suzannes Traurigkeit heftiger als die ihrer Gastgeberin.

Sie gehen durch die Wohnung, zuerst durch die lange Diele, machen hier und da eine persönliche Bemerkung. Suzanne wird dieser Besuche nie überdrüssig, sie berührt die Wände, betrachtet die Fensterbänke. Sie antwortet ihrer Gastgeberin zwar, mit den Gedanken ist sie aber ganz woanders. Sie kann kaum glauben, dass sie wieder hier ist, in dieser Wohnung, die immer ihr

Zuhause geblieben ist. Sie hat etwas zurückgelassen, das ihr gehörte, es ist im Kamin im Esszimmer versteckt. Mit einem Mal steht sie auf und geht unter dem Blick der verdutzten Witwe wie ferngesteuert ins Esszimmer. Dort geht sie tief in die Hocke, tastet sich an den Seiten des marmornen Kamins bis zum Griff des ovalen Gitters vor. Suzannes Herz pocht wild, sie hofft, dass sich das Gesuchte noch dort befindet. Die Dame beobachtet sie wohlwollend, stellt keine Fragen. Es ist ein andächtiger Augenblick, Worte würden ihn kaputt machen. Suzanne entfaltet ein zusammengeknülltes Blatt Papier, das seit über dreißig Jahren dort versteckt ist. Mit der rechten Hand zieht sie es behutsam heraus, dann drückt sie es ans Herz. Sie kann ihre Tränen nicht zurückhalten. Die alte Dame ist gerührt, sie beugt sich vor, um besser sehen zu können.

Vor dreißig Jahren, beim Verlassen der Wohnung ihrer Kindheit, hatte Suzanne etwas von sich und ihrem Vater hinter dem Kaminsims versteckt. Sie wickelt die beiden Pfeifenputzer ihres Vaters aus dem Papier, die Reste einer Handvoll Tabak, der zu einem kleinen Häufchen Staub zerfallen ist, einen Manschettenknopf mit den eingravierten Initialen *J. G.* und eine fächerartig gefaltete Notiz, auf der in Großbuchstaben »ADIEU PAPA« steht. Diesen Abschied vom Vater hat Suzanne nie akzeptieren wollen, sie stellte sich lieber vor, dass es ihn nie gegeben hat. Als sie an der Papierkugel riecht, steigt ihr der vertraute Tabakduft in die Nase, der abends die ganze Wohnung erfüllte. Suzanne erinnert sich, wie sie für ihren Vater Tabak in die Pfeife stopfen sollte. Ihr kindlicher Zeigefinger konnte die feuchten, duftenden Fasern einfach am besten zusammenpressen, ehe ein Streichholz sie im Pfeifenkopf aus Bruyèreholz zum Erglühen brachte. Dieses Knistern und der Rauch läuteten den wohlverdienten Feierabend nach einem langen Arbeitstag ein. In dem zerknitterten Papier überdauert noch die hartnäckige Erinnerung an eine Präsenz, einen Schutz, den Schutz des einzigen Mannes ihrer Kindheit. Der Tod ihres Vaters, sein plötzliches Verschwinden, setzte diesem abendlichen Ritual ein Ende. Einige Gegenstände, wie der Schuhanzieher unter dem Bett oder der hölzerne Kammerdiener, der an der Schlafzimmerwand lehnte, bringen ihn ihr zurück.

Im Esszimmer steht die Zeit still, Suzanne kauert auf dem Boden und presst die Papierkugel an sich, diese Kugel voller Kummer, die sie wieder in ihre Kindheit zurückversetzt. Im Augenblick spricht nur die Witwe mit leiser Stimme und denkt, Suzanne höre ihr zu. Aber Suzanne ist weit weg, ein Strudel aus flüsternden Stimmen erfasst sie. Sie hat die Vergangenheit wieder aufleben lassen und damit ungeahnte Erinnerungen zutage gefördert, die zugleich angenehm und schmerzhaft sind. Sich erinnern ist eine Heldentat und die Erinnerung ein Wunder. Sie erhebt sich, taumelt, horcht ein letztes Mal in die Seele des Ortes hinein. Die Witwe ist aufgestanden, Suzanne nimmt ihre Hand und hält sie in einer Dankesgeste lange und voller Zuneigung fest. Die

Trauer der beiden Frauen hallt von denselben Wänden wider, die Echos treffen sich.

Suzanne verlässt die Wohnung und weiß, als sie die Türe hinter sich schließt, dass sie nicht zurückkommen wird. Sie verlässt diesen Ort und schlägt das schwere Buch ihrer Kindheit mit einem dumpfen Geräusch zu. Draußen wird sie vom Licht geblendet. Suzanne blickt in die Ferne und macht sich auf einen Weg mit unbekanntem Ziel.

Die Schreibwerkstatt in der Schule verläuft ohne besondere Vorkommnisse. Suzanne erklärt, wie man eine Erzählung schreibt, gibt den Schülern Ratschläge und vermeidet jeglichen Augenkontakt mit Arsène. Der starrt auf seine Schreibunterlage und hält den Blick gesenkt. Er hat die Unterlippe schmollend vorgeschoben und kritzelt auf seinem Blatt herum, zeichnet unendlich viele Spiralen, um sich die Zeit zu vertreiben. Suzanne tut so, als merkte sie es nicht, als wären sein Tisch und das Pult leer, als wäre er gar nicht da.

In ihrer Aktentasche jedoch hat sie etwa zwanzig beschriebene Seiten: Ein Kind durchstreift grüne Landschaften, von einem Kapitel zum nächsten, von einem Pfad zum anderen, in der Hand hält es einen leeren Koffer. Die Abkürzungen sind willkürlich, manchmal reicht ein Sonnenstrahl oder eine windzerzauste Wolke am Himmel, um den Kurs zu ändern. Die Finger des Jungen sind verkrampft, weil der Koffer so schwer ist, aber ohne ihn kann er nicht weitergehen. Er redet beruhigend auf ihn ein, um sich selbst zu trösten, manchmal führt er regelrechte Dialoge mit dem Koffer, aber das letzte Wort hat immer er. Die Seiten dieser letzten Wochen riechen nach Schweiß, Erde und Staub. Suzanne würde gern wissen, wie es Arsène in dieses Klassenzimmer, diese Schule, dieses Land verschlagen hat.

Aber im Augenblick muss sie abwarten, darf nichts erzwingen. Er wird von selbst wieder auf sie zukommen, das weiß sie ganz genau: Er kann nicht einfach auf halber Strecke am Wegesrand stehen bleiben.

Suzanne doziert, während sie durch die Reihen geht und sich die Arbeiten anschaut. Die Schüler zittern, wenn sie näher kommt, fürchten, dass sie ihre Texte liest. In den Geschichten steckt viel von ihnen selbst, nur ein oder zwei Schüler verweigern sich völlig. Suzanne sammelt die Arbeitsblätter ein, sie wird sie in Ruhe zu Hause lesen und eine kunterbunte Sammlung von ganz unterschiedlichen Gegenständen finden: ein Meteorit, ein Holzschuh, ein Fernglas, ein Fächer. Arsène gibt nichts ab, weil sie seine Geschichte für ihn aufschreibt.

Bei ihren Sitzungen suchte er nach Worten, runzelte die Stirn, als würde er damit seinem Gedächtnis auf die Sprünge helfen. Beim Sprechen schaute er auf seine Hände, verschlang, wenn er von Gefahren erzählte, die Finger ineinander und löste sie, wenn er sich in Sicherheit gebracht hatte. Anfangs machte Suzanne sich Notizen, aber nach einigen Sitzungen brauchte sie das nicht mehr, weil seine Erzählung sich ihr förmlich eingebrannt hatte. Sie unterbrach ihn nie. Es fiel ihm schwer genug, die Worte überhaupt auszusprechen, da gestand sie ihm Zeitsprünge zu. Sie erinnert sich mit Rührung an die allererste Sitzung, in der Arsène viel von seiner Großmutter gesprochen hatte. Die zitternde Stimme verriet seinen Schmerz, er suchte nach Worten, als hätte er Angst vor ihnen, als könnten sie plötzlich Wirklichkeit werden. Er hatte sich angewöhnt, seine Odyssee auf der Tischplatte nachzuzeichnen, seine Finger fuhren über die glatte Oberfläche und steckten die Stationen seines langen Marsches ab. Manchmal richtete sich der Zeigefinger auf einen Hügel inmitten von Hügeln, die Hand beschrieb einen Bogen, um den langen, gewundenen Weg und das schroffe Relief der Landschaft zu beschreiben. Arsène erinnerte sich noch ganz genau an die Gegend, obwohl seit seiner Flucht acht Jahre vergangen waren.

Suzanne sammelt die fertigen Texte ein. Vom Flur ertönt die Klingel. Die Schule ist aus, Zeit zum Nachhausegehen. Ein letzter Blick auf Arsène wird nichts ändern: Er läuft vor seiner Geschichte, vor sich selbst davon.

Suzanne verlässt das Klassenzimmer, schließt behutsam die Tür hinter sich und will die beiden Treppen zur Eingangshalle hinuntergehen. Sie wird von zwei Schülern angerempelt, die wie die Wilden zum Ausgang stürzen, die nahende Freiheit kaum erwarten können. Von dem Gewimmel im Treppenhaus wird ihr schwindelig, sie klammert sich am Geländer fest und steigt langsam die Stufen hinunter. Sie hat Angst, den Halt zu verlieren.

Eine Stimme reißt sie aus ihren Gedanken. Die Hände nach wie vor fest am Geländer, bleibt sie stehen.

»Madame, Madame, warten Sie!«

Suzanne dreht sich um und sieht Arsène neben der Brandschutztür stehen.

»Ich würde Ihnen gerne erzählen, wie es weitergeht.«
Suzanne lächelt.

Seit drei Tagen bist du schon auf dieser Farm. Der zarte Morgennebel kann den Gestank nicht vertreiben. Nach einigen Tagen klebt dieser Geruch des Todes auch an dir, obwohl du doch das einzige lebende Wesen an diesem Ort bist. Die Essensreste sind nicht mehr genießbar, aber das Haus steht noch, das einzige ohne Leichen, das dir Tag und Nacht Zuflucht gewährt. Du und dein Koffer, ihr seid wie festgenagelt in diesen vier Wänden, es gelingt dir einfach nicht, diesen Ort zu verlassen. Der Koffer ist immer in deiner Nähe, du führst ihn im Rhythmus deiner Schritte spazieren. Er thront auf dem Bett, während du schläfst, dient dir als Stuhl, wenn du dich draußen hinsetzt und in die Ferne schaust, oder als Sichtschutz gegen eine Leiche, wenn du im Fluss deine Wäsche wäschst. Ohne ihn wärst du mutterseelenallein. Du sprichst mit ihm, erklärst ihm alles, was du machst, beschreibst ihm den inzwischen so fernen, halb vergessenen Geschmack der Gerichte deiner Großmutter. Manchmal schaust du ihn an, bist überzeugt, er wird dir antworten, manchmal streichst du über das Leder, weil du sicher bist, dass er sich nach Streicheleinheiten sehnt.

Du siehst die Toten nicht mehr an, tust so, als wären sie gar nicht da, hast innerlich ein weißes Laken oder eine herumliegende Decke über sie gebreitet. Wenn die Nacht hereinbricht, kommen wilde Tiere ans Haus, ihre unrhythmischen Schreie zerreißen die Nacht. Du brüllst, um ihnen Angst zu machen. Dein verzerrtes Gesicht und dein Geschrei trotzen den dunklen Kreaturen, die umherschleichen, in der Erde scharren und die Umgebung absuchen, vom Verwesungsgeruch angezogen wie wir, die anderen, vom Licht. Manchmal fressen sie ihre Beute; dann sitzt du auf dem Bett, klammerst dich schluchzend an deinen Koffer und kannst die barbarischen Geschehnisse draußen kaum ertragen. Dann flüsterst du beschwörend auf deinen Koffer ein, als könntest du damit das Grauen abwenden.

Du durchsuchst jeden Winkel des Hauses, das bringt dich auf andere Gedanken. Im Licht einer Taschenlampe schnüffelst du in den Habseligkeiten einer fremden Familie herum. Werkzeuge liegen auf dem Boden verstreut, Altmetall, Bolzen, viele gebrauchte und neue Nägel.

Das Getöse, das du im Haus veranstaltest, lenkt dich ab. Du gehst auf Zehenspitzen umher, um nicht zu stolpern. Dein Blick fällt auf eine Kiste mit Fotos, du schaust sie dir flüchtig an: Die Menschen darauf lächeln wie deine Eltern an Festtagen. Du wirfst die Bilder auf den Tisch und versuchst dann, im Schlaf Vergessen zu finden.

Die Erinnerungen verschwinden, wenn dich der Schlaf übermannt, ebenso wie das Andenken an deine Familie. Wenn du nachts aufwachst, weißt du manchmal nicht, wo du bist, erst nach und nach holt dich die Realität wieder ein. Wenn du wieder einschläfst, vergisst du deine Ängste und deine Verzweiflung erneut.

Früh am Morgen hast du beschlossen aufzubrechen, es wäre sinnlos gewesen, noch länger in diesem Dorf zu bleiben. Du hast das Gerümpel mit den Füßen beiseitegeschoben, hast, so gut es ging, für Marschverpflegung und einen Wasservorrat für einige Tage gesorgt. Das Sirren der Fliegen tönte dir in den Ohren, diese Farm hatte sich in eine Leichenhalle unter freiem Himmel verwandelt.

Du hast den entgegengesetzten Weg eingeschlagen, bist fortgegangen, ohne dich noch einmal umzublicken. Mit der Zeit verflog auch der widerwärtige Gestank.

An jenem Tag hast du dir vorgestellt, wie die Tierwelt diesen Ort nun endgültig zurückerobern würde. Die wilden Kreaturen könnten sich ungehindert bedienen. Nach deinem Weggang war dort kein menschliches Wesen mehr, keine nächtlichen Schreie würden die Tiere aus dem Territorium der Menschen vertreiben. Dein Koffer kam dir leichter vor als bei deiner Ankunft im Dorf, vielleicht warst du in der Zwischenzeit gewachsen und kräftiger geworden …

Instinktiv gingst du nach Westen, dieser Hügel zog dich magnetisch an, rief dich zu sich, der Wind schob dich in dieselbe Richtung, als wollte er dich antreiben. Selbst dein Koffer flog durch die Luft. Deine Schritte waren schnell, aber du ranntest nicht. Du gerietest nicht außer Atem, obwohl die Farm nach wenigen Minuten nur noch ein winziger Punkt in der Ferne war.

An jenem Tag hast du heiter und fröhlich gesungen, wie früher auf dem Platz vor der Schule in deinem Dorf. Du hast gelächelt, großer Jubel erfüllte dein Herz. Im Takt des Liedes flogst du nur so dahin.

Suzanne hatte Arsène eröffnet, dass sie seine Adoptiveltern kennenlernen wolle. Die beiden waren Lehrer, Arsène war ihr einziges Kind. Die Eltern waren warmherzig, das spürte Suzanne sofort, als sie die Wohnung betrat. Über eine Stunde saßen sie beisammen und unterhielten sich leise, beinahe flüsternd, weil das Gespräch so persönlich war.

Arsène trug zu diesem Anlass einen Anzug und wippte nervös mit dem rechten Bein, um sein Unbehagen zu überspielen. Die Unterhaltung drehte sich seit einer Stunde nur um ihn, es ging um seine Ankunft in dieser Familie und um die schwierige Eingewöhnungszeit. Immer wieder fuhren ihm seine Eltern liebevoll durchs Haar oder legten ihm tröstend eine Hand aufs Knie. Suzanne hörte zu, beobachtete Arsène aus den Augenwinkeln, damit ihr nichts entging, während seine Eltern erzählten, wie ratlos sie damals waren.

In der Anfangszeit hatte Arsène nicht gesprochen,

keine einzige Silbe kam aus seinem Mund, und das über mehrere Wochen. Er tat alles, was man von ihm verlangte, gab sich bei allen Aufgaben sogar große Mühe, aber er redete nicht. In den ersten zehn Nächten schlief er in seinem Koffer auf dem Boden, seine Waden und die langen Arme ragten heraus. Ein Kissen und eine zusammengelegte Steppdecke machten sein Lager bequemer.

Arsènes Eltern hatten sehr wohl verstanden, dass dieser Koffer für Ereignisse stand, die sie sich nicht im Entferntesten vorstellen konnten. Sie blieben geduldig. Der Geruch des Koffers war unbeschreiblich, er breitete sich im ganzen Zimmer aus. Arsène hatte seine Heimat, sein Land und seine Familie mitgebracht. Abends, wenn die Adoptiveltern ihn zu Bett brachten, knieten sie sich neben den Koffer und umarmten Arsène. Nachts schauten sie immer wieder nach, ob er auch gut schlief.

Nach zwei stummen gemeinsamen Wochen erhielten sie ein Zeichen, dass sich der Junge bei ihnen immer mehr zu Hause fühlte. Mitten in der Nacht öffnete der Vater die Zimmertür, um nach Arsène zu sehen. Zu seiner großen Überraschung fand er ihn schlafend im Bett, die rechte Hand lag auf dem Kofferrand. Leise rief er seine Frau: Das war ihr erster Sieg. Arsènes Hand, die die Kluft zwischen Bett und Koffer überbrückte, zeigte, dass er noch nicht loslassen konnte, aber allmählich Abstand gewann. Diese Hand symbolisierte Arsènes Zerrissenheit. Er stand zwischen zwei Welten: seiner

Welt, die er hatte verlassen müssen, und der Welt der »anderen«, die Tag für Tag ein wenig mehr zu der seinen wurde. Als die Adoptiveltern das Licht ausknipsten und durch den Flur zu ihrem Schlafzimmer zurückschlichen, sagten sie sich ganz leise, dass ihre Geduld stärker war als das Schweigen. Darüber waren sie so glücklich, dass sie noch eine ganze Weile wach lagen.

Der Koffer war kein Bett mehr. Er lag jetzt mitten im Zimmer, tagsüber geschlossen und nachts geöffnet. Ein wenig war es, als berge er in sich den Sternenhimmel von Arsènes Heimat, sodass der Junge in der vertrauten nächtlichen Dunkelheit schlafen konnte. Nach und nach rückte Arsène den Koffer weg, verbannte ihn in eine Zimmerecke in der Nähe des Betts. Monate vergingen, der Koffer blieb geschlossen: Er verstaubte, wurde zum Aufbewahrungsort für ungeliebte Kleidung, Bücher zum Verschenken und Unordnung, die man aus dem Weg haben wollte. Eines Tages schlug Arsène ihn in zwei zerrissene alte Bettlaken ein und verstaute ihn auf dem Schrank im Flur.

Suzanne hat Arsène nicht aus den Augen gelassen. Die Unterhaltung neigt sich dem Ende zu. Aus dem kleinen Jungen ist ein Mann geworden. Er spricht wie seine Freunde und Klassenkameraden: Ausdrücke und Ausrufe von Jugendlichen, die sich nur in der Gruppe fortbewegen. Suzanne bedankt sich herzlich bei den Eltern, sie begleiten sie bis zur Tür. Arsène lächelt ihr zu, zum ersten Mal, als wollte er sich ebenfalls bedanken.

Suzanne geht die Treppe hinunter und lässt die Erzählungen noch einmal Revue passieren. Ihre Gedanken ziehen vorüber, werden mit jeder Stufe schneller. Als sie aus dem Haus tritt und ins gleißende Sonnenlicht blinzelt, denkt sie bei sich, dass Arsène noch nicht alles erzählt hat.

Nachdem du die Farm verlassen hattest, bist du lange durchs Dickicht geirrt. Als du in Musange ankamst, besudelte schwarzer Rauch die grüne Landschaft. Jeeps fuhren durch die Straßen, bewaffnete Insassen musterten die Passanten. Diese Stadt war dreckig, an jeder Kreuzung türmten sich Müllberge, Plastikabfälle lagen in den Straßen. Völlig entkräftet vom stundenlangen Marsch, setztest du dich hinter einer Absperrung auf deinen Koffer. Zusammengekauert schliefst du schließlich ein. In der Nacht wachtest du dann auf und warst das einzige Lebewesen in diesem Straßenlabyrinth. Eine Ausgangssperre, die nach einem schrillen Pfiff einsetzte, hatte die Straßen leer gefegt und die Bewohner vertrieben. Du hast dich unter einem Wellblech versteckt und das Ohr an eine Hauswand gepresst, um die Unterhaltungen zu belauschen. Ein Baby schrie hungrig nach seiner Mutter und erinnerte dich an deine kleine Schwester, Geschirr klapperte, Essensgeruch stieg dir in die Nase und ließ dir das Wasser im Mund zusammenlaufen. Deine Füße ragten unter dem Blech hervor, hinter dem du kauertest. Bei Tagesanbruch würdest du schon wieder fort sein.

Eine Tür ging auf, die Gespräche verklangen, schwere Schritte polterten die wenigen Stufen der Eingangstreppe herunter. Tabakgeruch drang zu dir, die Schritte verharrten, du hörtest, wie ein alter Mann seufzte und leise vor sich hin murmelte. Du konntest weder seinen Körper noch sein Gesicht sehen, nur die Füße.

Er hat nichts bemerkt, ist wohl zu beschäftigt, die Sterne zu betrachten und Rauch aus den Nasenlöchern auszustoßen. Dann geht er eine Allee hinunter. In diesem Augenblick erinnerst du dich an deinen Vater, seine strenge Stimme, die in einem Sekundenbruchteil dem Toben der Kinder ein Ende setzen konnte. Als du an die klaren Worte aus seinem Mund denkst und an seinen Zeigefinger, der euch dazu ermahnte, der Mutter zu helfen oder Ruhe zu geben, kannst du die Tränen nicht zurückhalten. Das Weinen verschafft dir Erleichterung. Aber du hast Hunger, der Duft roter Bohnen mit Zwiebeln lässt dich den Kummer vergessen. Du würdest zu gern an die Tür klopfen, aber die Angst hält dich zurück, fesselt dich an dein Versteck. Du verharrst reglos. Dein Magen schreit nach Nahrung; du presst die Hände auf den Bauch, um den brüllenden Hunger zu unterdrücken, vergeblich. Wieder öffnet sich die Tür, diesmal erblickst du winzige Füße, eine Tunika verdeckt die knochigen Knie. Du schließt die Augen und hoffst, dass du dadurch unsichtbar wirst.

Für einen endlos langen Moment wird es still, du hältst den Atem an, weil du so große Angst hast. Als du die Lider wieder öffnest, blicken dich zwei weit aufgerissene Augen an. Du bekommst noch mehr Angst, willst davonlaufen, aber das lächelnde Gesicht beruhigt dich. Ein junges Mädchen steht vor dir, es ist wunderschön. Es legt einen Zeigefinger auf die Lippen: Du sollst still sein. Mit einer einladenden Handbewegung fordert das Mädchen dich zum Mitkommen auf. Sie will dich in einem Abstellraum hinter den Latrinen verstecken, dort wärst du sicherer als unter dem Blech. Dein Koffer überrascht sie, aber sie beachtet ihn nicht lange. Sie hat es eilig, bückt sich, damit man sie vom Haus aus nicht sieht. Sie bleibt stehen und bedeutet dir, dich ebenfalls zu ducken, versichert sich, dass niemand von den Geschehnissen vor dem Haus Notiz nimmt. Auf Zehenspitzen schleicht ihr davon. Die Kammer ist keineswegs eine Bruchbude, im hinteren Teil steht ein Marktstand, Werkzeuge hängen an der Rückwand. Erschöpft setzt du den Koffer ab, schaust das Mädchen an, führst die Hand zum Mund und machst Kaubewegungen. Sie lacht lautlos und verschwindet.

Sie ist nicht zurückgekommen, dabei hast du auf sie gewartet, wolltest ihr schönes Gesicht und ihr verschwörerisches Lächeln so gerne noch einmal sehen. Du lehnst zusammengekauert in einer Ecke und betrachtest den Lichtstreifen, der von draußen hereinfällt. Die Geräusche um dich herum bergen keine Geheimnisse mehr. Die Bewohner dieses Hauses verrichten die üblichen Arbeiten: Sie waschen, wringen Kleidungsstücke aus und fegen. Du schließt die Augen, stellst dir vor, du wärst zu Hause und würdest die vertrauten Geräusche hören, deine Mutter und deinen Vater, die ihre morgendlichen Arbeiten verrichten, begleitet vom Lärmen der Kinder. Deine Großmutter saß den ganzen Tag lang auf einem Schemel, rupfte Geflügel, enthülste Bohnen, zerlegte Fleisch und schälte Gemüse. Du musstest ihr immer beim Aufstehen helfen, eine schwierige Aufgabe, weil ihr Rücken und die Hüfte stocksteif waren und ihre Knie knackten. Jeden Tag dankte sie dem Himmel für einen solchen Enkel. Das Aufhelfen dauerte nur wenige Minuten: Sie ließ sich mit ausgebreiteten Armen hochziehen, legte die Last der Jahre und der Schinderei auf deine tapferen Schultern.

Sie heißt Assia und hat die schönsten Augen der Welt. Ihre Haut ist schwärzer als deine, ihr Haar krauser als deins. Dir ist sehr schnell klar geworden, dass du bei »den anderen« Unterschlupf gefunden hast. Diese Familie scheint nach denselben Traditionen zu leben wie deine. Die Stimme des Vaters hallt durchs Haus. Assia spricht nicht, sie gestikuliert, um sich verständlich zu machen. Ist sie stumm? Du weißt es nicht, also antwortest du ihr ebenfalls mit Gesten, ohne dich deiner Stimme zu bedienen. Manchmal rutschen dir ein paar Silben heraus, dann lacht sie. Sprechen könnte ihr Geheimnis verraten, deswegen hilft sie dir stumm, versorgt dich mit Nahrung und Wasser, immer nur zwei Mal pro Tag. Wenn sie dir etwas zu essen bringt, sieht sie zu, wie du es verspeist und dir danach die Finger ableckst. Dabei umspielt ein Lächeln ihre Mundwinkel. Sie könnte dich stundenlang anschauen, aber ihre Mutter braucht sie im Haus.

Die Tür des Verschlags quietscht bei jedem Besuch, du

fährst jedes Mal zusammen oder wirst aus dem Schlaf gerissen. Nach zwei Tagen macht sie dir ein Zeichen, dass du nun gehen musst. Du sollst ihr folgen, sie kennt einen sicheren Ort. Zeige- und Mittelfinger beschreiben Gehbewegungen. Einige Stunden musst du noch warten, bis du den Verschlag verlassen kannst, Assia wird dich später holen und dir Proviant und eine Decke mitbringen. Sie legt ihre Hand beruhigend auf deine, du musst dir keine Sorgen machen, sie kümmert sich um alles. Dann erhebt sie sich, winkt dir zum Abschied kurz zu und geht. Sie hat dir ein wenig Wasser, Brotreste und eine sehr reife Frucht dagelassen. Durch einen Spalt in der Bretterwand beobachtest du, was draußen vor sich geht. Ein Huhn stolziert um die Hütte, ein kleiner Junge rennt hinter dem Federvieh her und brüllt dabei wie ein Löwe. Assia sitzt auf einer Stufe und starrt auf dein Versteck. Sie wacht über dich, sie hütet etwas, das nur sie allein in der Familie kennt: ein Geheimnis. Ehe du kamst, hatte sie keins.

Die Sonne geht unter. Ihre Schritte knirschen um den Verschlag. Ganz langsam hast du die Tür aufgemacht und dabei jeglichen Druck auf die Scharniere vermieden. Dein Koffer steht da, bereit für das nächste Ziel. Dein Herz schlägt schneller. Sie macht eine Handbewegung, ist sogar etwas herrisch, aber du folgst ihr willig. Ihr schlagt euch durch die Büsche, lauft durchs Unterholz und zieht die Köpfe ein, wenn ihr an den Nachbarhäusern vorbeilauft. Das Gebell verstummt, sobald ihr das Territorium der Hunde verlasst. Im Laufen bemerkst du, dass sich ein Riemen am Koffer gelöst hat. Du bist beunruhigt, wirst langsamer, aber Assia packt dich am Arm und zerrt dich weiter. Die hereinbrechende Dunkelheit gibt euch Deckung, mit den Augen sucht ihr hektisch die Umgebung ab wie wilde Tiere, die nicht zur Beute werden wollen. Ihr gelangt zu einem Felsvorsprung mit einer tiefen Einbuchtung. Assia entzündet eine Laterne, um dir dein neues Versteck zu zeigen, es ist klein, aber dir reicht es. Sie neigt den Kopf auf ihre aufeinandergelegten Hände: Du sollst schlafen. Sie muss schnell wieder nach Hause, ihre Abwesenheit könnte Misstrauen erregen. Sie hat dir bereits den Rücken zugewandt, als du hastig die Stille durchbrichst: »Danke.«

Assia bleibt stehen. Sie legt eine Hand aufs Herz, verneigt sich leicht und zwinkert dir zu, dann eilt sie den steinigen Abhang hinunter.

Du setzt dich auf den Boden. Die Laterne spendet kaum noch Licht, etwas blitzt in der Dunkelheit auf, und du siehst es dir näher an. Sie hat dir ein kleines, scharfes Messer dagelassen. Sie hielt es wohl für unnötig, dich darauf aufmerksam zu machen, also hat sie es einfach neben die Laterne gelegt, damit du dich gegen wilde Tiere verteidigen kannst. Assia erklärt nichts, denkt aber an alles. Dir wird warm ums Herz, wenn du an sie denkst. Nun ist Schlafenszeit. Wie immer dient dir der Koffer als Schutz, du rollst dich hinter ihm zusammen, Rücken an Rücken, und bist wieder einmal dankbar, ihn an deiner Seite zu haben.

Dies ist die elfte Nacht, die du ohne deine Eltern verbringst, und in jener Nacht begreifst du mehr als je zuvor, dass sie diese Welt für immer verlassen haben. Am Abend hast du der harten Realität ins Auge geblickt, du machst dir nichts mehr vor. Von nun an bist du bloß noch ein Waisenjunge, der ziellos umherirrt und dessen einziger treuer Begleiter ein leerer Koffer ist.

Suzanne eilt den breiten Boulevard herunter und verspürt dabei eine Angst, die ihr Herzklopfen bereitet. Sie erreicht die Eingangstür ihres Elternhauses, ein Lastenaufzug versperrt den Zutritt. Möbelpacker räumen methodisch die zweite Etage leer. Sie hieven, heben und stapeln unzählige Kisten und kleine Möbelstücke aufeinander, die sie mit Filz umhüllt haben. Im Möbelwagen haben sich die Dinge eines langen Lebens angesammelt. Suzanne wirft den Männern vernichtende Blicke zu, stürzt die Treppe hoch und ruft laut nach der alten Dame. Das Kommen und Gehen der Umzugsleute, die dort arbeiten, macht sie nur noch hektischer.

Einer der Männer erbarmt sich schließlich, er hält kurz inne und verkündet ungerührt, mit einer Kiste in der Hand: »Die alte Dame ist in ein Seniorenheim gezogen. Ihre Kinder lassen die Wohnung räumen, damit sie verkauft werden kann.«

»Danke, Monsieur. Wissen Sie, wie ich sie erreichen kann?«

»Keine Ahnung, Madame.«

Wie ein ängstliches Tier durchmisst Suzanne mit langsamen Schritten die Wohnung. Auf den nackten Wänden sind noch Abdrücke von den vielen Bildern und Spiegeln zu sehen, die dort dreißig Jahre lang hingen. Die Stimmen der Männer hallen von den Wänden und Fenstern, dem Parkett und den Türrahmen wider.

Suzanne setzt sich auf einen der wenigen Stühle, die noch da sind, betrachtet den Kistenberg, der langsam abgetragen wird. Die Männer können anpacken, sind stark und effizient. Sie arbeiten im Takt, die Geschichte eines ganzen Lebens wird in Kartons verpackt. Die Wohnung wird leerer, nach und nach werden die Jahre, die das bürgerliche Paar hier verbracht hat, ausradiert.

Vor dreißig Jahren befand Suzanne sich machtlos in der gleichen Situation. Sie war elf Jahre alt und sah, wie ihre Kindheit auseinandergenommen wurde. Die Möbel wurden davongetragen, mussten mühevoll um die Ecken des engen, verwinkelten Treppenhauses manövriert werden, als würden sie Widerstand leisten. Die Mutter war mit Aussortieren, Wegwerfen und Aufräumen beschäftigt, lief von einem Zimmer ins nächste und beachtete ihre ratlose Tochter nicht. Jener Tag traf Suzanne mit voller Wucht. Sie verlor ihren Vater zum zweiten Mal. Sie kauerte in der Abstellkammer, die mit dem Gerümpel ihres Vaters vollgestellt war, und weinte bittere Tränen. Der Geruch nach Mottenkugeln und

Jagdtrophäen ersetzte nach und nach den väterlichen Duft. In einer Schublade hatte Suzanne seinen alten Rasierer und andere Alltagsgegenstände versteckt. Wenn sie sie herausholte, hatte sie das Gefühl, ihm nahe zu sein. Von Panik ergriffen, suchte sie die zahlreichen Reliquien ihres Vaters zusammen: Pfeifenzubehör, alter Tabak, seinen Kulturbeutel. In ein paar Stunden würde dieser Ort nicht mehr ihr Zuhause sein, sie würde ihn verlassen müssen wie das Klassenzimmer vor den Sommerferien.

In jenem Augenblick kam ihr der Gedanke, etwas in dieser Wohnung zu hinterlassen, und sie nahm ein Blatt Papier, wickelte zur Erinnerung an seinen Atem eine Handvoll Tabak und einen Zettel hinein, auf den sie in Großbuchstaben »ADIEU PAPA« schrieb, um die Bedeutsamkeit jenes Moments festzuhalten. Das war ihre Art, etwas von ihm, etwas von sich zu hinterlassen.

Die kleine Assia kümmert sich anscheinend gut um dich, sie überquert mehrmals am Tag das Brachland, das an die Felsausläufer grenzte. Dein Versteck ist das der Dorfkinder. Dein Blick wendet sich zum Licht, das von draußen hereinfällt. Wenn Assia bei dir ist, bist du voller Hoffnung, wenn sie geht, am Boden zerstört. Sie hat immer Lebensmittel dabei, nicht so viele, dass es das Misstrauen ihrer Mutter erregt, die zu Hause das Sagen hat. Assia hat fünf Geschwister, die von morgens bis abends im Haus herumtoben. Wenn sie sich aus diesem Trubel zurückziehen kann, entspannt sie sich ein wenig. Für ein paar Stunden muss sie nicht die Ersatzmutter spielen, sie ist doch selbst erst zehn.

Ihr redet nicht, Blicke reichen euch. Eines Abends, ehe sie gehen muss, legst du deine Hand auf ihre. Assia lächelt, errötet und lacht, um ihre Verlegenheit zu überspielen. Du sollst dich ausziehen, verlangt sie, schließt die Augen und sammelt dann deine schmutzige Kleidung ein. Fortan trägst du abgelegte Kleider ihres Bruders. Sie dreht sich immer noch einmal um, ehe sie davonfegt, das dauert nicht länger als drei oder vier Sekunden, aber diese wenigen Augenblicke hättest du um nichts in der Welt missen wollen.

Assia wird am späten Vormittag und am Nachmittag zurückkehren, wenn ihre Eltern sich ausruhen. Während du auf sie wartest, ritzt du zum Zeitvertreib mit einem spitzen Stein Motive in die Felswand, du zeichnest Bilder deiner Irrwege durch die Hügel. Die Figur, die du von vorne oder im Profil in die Wand kratzt, hält ein Rechteck mit einem Griff in der Hand. Mit wenigen ungelenken Strichen zeichnest du die Farm, die dir einige Tage lang Zuflucht gewährt hat: Vor den Hütten liegen Menschen, die Arme und Beine von sich strecken. Du erinnerst dich an den beißenden Gestank: Du kennst seitdem den Geruch von Toten, um die sich niemand kümmerte.

Stundenlang malst du auf den Felsen, dann endlich kannst du einschlafen. Dein Kopf liegt auf dem Kofferrand, im Halbschlaf bist du dir ganz sicher, dein Kopf läge im Schoß deiner Großmutter. Dir ist, als streife dich ein Hauch des Wiegenliedes, das sie dir vorsang, als du klein warst. Zwischen Träumen und Wachen hörst du ganz deutlich, wie sich allmählich Worte formen, du spürst ihre Hand, die dir im Takt des Refrains über den Nacken streichelt. Widerstandslos gibst du dich hin, der Besuch aus der Vergangenheit erfüllt dich mit Freude, die Augen zu öffnen würde bedeuten, den Zauber dieser Begegnung zu zerstören. Beim Klang der sanften Stimme wird dir warm ums Herz, die Liebkosungen trösten dich. Deine Großmutter besucht dich, um dir Mut zu machen, sie zeigt dir, wie stolz sie auf dich ist, dass du so weit gekommen bist. Dann ändert sie den Text des Liedes: Sie flüstert dir zu, dass du aufbrechen sollst, ohne dich zu verabschieden, dass dieses Mädchen genauso in Gefahr ist wie du. Sie werden euch finden und bestrafen. Die letzten Worte, die sie mehr haucht als singt, kaum wahrnehmbar, lauten: »Verschwinde, verschwinde.« Ihre Stimme wird dunkler und verklingt, der Brustkorb hebt sich nicht mehr zum Einatmen, der Schoß wird wieder zum Koffer.

Du schlägst die Augen auf und siehst dich um. Der Duft deiner Großmutter liegt noch in der Luft, der Wind trägt ihn fort. Du versuchst zu erraten, in welche Richtung sie geflüchtet ist. Ihr Duft ist nach wenigen Sekunden verflogen.

Du springst auf, schleuderst den Koffer mit aller Kraft den steinigen Abhang hinunter und rutschst in Windeseile auf dem Hintern hinterher. Genau wie zuvor befolgst du auch diesen letzten Befehl deiner Großmutter. Du rennst los, ohne genau zu wissen, wohin, deine Beine laufen, dein Geist aber ist in der Höhle geblieben und wartet auf Assia. Deine Schritte werden immer schneller, der Koffer wird in sämtliche Richtungen geschleudert, er schwingt hin und her, als wollte er dich am Vorankommen hindern. Im Rennen verabschiedest du dich von Assia, als könnte sie dich auf über hundert Meter Entfernung hören. Du läufst der untergehenden Sonne entgegen, *lässt die Stadt hinter dir. Du rennst auf einen neuen Hügel zu, er wird dir den Weg weisen, genau wie früher.*

Du bedauerst sehr, dass du dich einfach davongestohlen hast, ohne dich bei dem Mädchen zu bedanken, das dich tagelang mit Nahrung versorgt hat. Sie wird ihren Augen nicht trauen, wenn sie die leere Höhle sieht. Die Früchte werden ihr aus den Händen fallen, und sie wird wahrscheinlich eine Träne vergießen, wenn sie die vielen Zeichnungen im Fels entdeckt. In einem der Bilder wird sie sich selbst wiedererkennen. Sie wird dir verzeihen.

Arsènes Blick ist starr, er hat aufgehört zu reden. Anhaltende Stille breitet sich am Tisch des geschäftigen Bistros aus. Suzanne schaut auf ihre Notizen und sagt kein Wort, sie wartet, lässt sich ihre Neugierde auf die Fortsetzung der Geschichte aber nicht anmerken. Arsène hat vielleicht den Faden verloren, weiß nicht mehr, wohin es ihn dann verschlagen hat. Er sucht nach Worten, wie er früher nach Hügeln Ausschau hielt; ihnen allein brachte er Vertrauen entgegen, in den weichen, mütterlichen Rundungen fand er Zuflucht. Arsène umrundet Berge, durchquert Täler.

Suzanne wird klar, dass er drei Tage und zwei Nächte lang nicht wusste, in welche Richtung er gehen sollte. Er schlief immer noch im Koffer, der ihm vom Einbruch der Nacht bis zum Morgengrauen Unterschlupf gewährte. Sie schreibt an der Stelle weiter, an der sie einige Tage zuvor aufgehört hat:

Du vergisst alles, deinen Hunger, deinen Durst, die Müdigkeit, die nach dem langen Marsch auf dir lastet.

Schließlich lässt du dich am Straßenrand nieder, entschlossen, nicht mehr weiterzugehen. Der Wind hat sich gelegt. Du sitzt im Schneidersitz am Straßenrand, die felsige Ebene im Rücken. Du hast freie Sicht. Wozu noch weitergehen? Was bringt es, immer weiter und weiter zu laufen? Das Ganze ist sinnlos geworden. Du streckst dich aus, legst den Kopf auf den Koffer und schließt die Augen. Flüsternd betest du, flehst deine Großmutter an, dir von dort oben ein Zeichen zu geben. Du fällst in tiefen Schlaf, träumst so lebendig, dass dir der Traum wie die Wirklichkeit erscheint. Du siehst deine Geschwister um dich herumrennen, deine Mutter und dein Vater sitzen nebeneinander und lächeln dich strahlend an, als wären Worte unnötig geworden.

Du spürst, dass sich der Traum dem Ende zuneigt, aber du willst nicht aufwachen, presst die Augenlider so fest zu, dass die Szene wieder vor deinem inneren Auge aufsteigt. Du fühlst deine Familie, kannst sie aber nicht berühren. Unter dem Koffer erzittert der Boden. Du hältst noch an deinem Traum fest, aber deine Knie und die Knöchel spüren das Vibrieren der Straße ebenfalls, dir ist, als würde der Boden von Wellen erschüttert, die immer näher kommen. Das Beben wird so stark, dass dir das Bild und mit ihm deine Familie entgleitet. Du bist wieder auf der Straße, aber wenn du die Augen öffnest, zerreißt du das Band zwischen den beiden Welten. Du kneifst die Augen so fest zusammen, dass es wehtut. Das Getöse ist ohrenbetäu-

bend. Ausgestreckt liegst du auf der Straße. Der Lärm hat seinen Höhepunkt erreicht, plötzlich herrscht Stille. Eine Handbremse wird gezogen, eine Tür aufgerissen. Tritte von groben Stiefeln sind neben dir zu hören, gehen um dich herum. Es sind französische Soldaten. Eine Hand berührt deine Stirn und deinen Hals, tastet nach dem Puls.

Laut sagt jemand: »Stark dehydriert.«

Und: »Ein Tutsi.«

Du hast die Augen immer noch geschlossen. Kräftige Hände heben dich hoch und tragen dich zum Auto. Dein Koffer ist weg, euer Kontakt ist unterbrochen. Wo ist er? Du schreist, jetzt reißt du die Augen auf und hältst Ausschau nach dem Koffer. Er steht noch am Straßenrand, und du, du liegst in den Armen eines starken Mannes mit Helm. Du brüllst nach dem Koffer, zeigst auf den Boden. Du siehst, wie der Mann mit dem Helm deinen einzigen Besitz öffnet, und hörst die Worte:

»Aber der ist doch leer.«

Er wirft den Koffer in den Jeep, gießt dir Wasser in einen Metallbecher.

»Vielen Dank.«

Dann erfasst dich ein Schwindel und trägt dich fort, reißt dich mit. Du lässt los, lässt dich fallen, entspannst nach und nach alle Muskeln. Zwei Wochen lang bist du von einem Ort zum anderen geirrt, hast dich mit dem Nötigsten versorgt, wenn du überhaupt etwas fandst. Diese beiden Wochen sind ein Teil von dir und deiner Geschichte. Die Flucht hat sich dir eingebrannt, und auch das verlorene Paradies.

Verschwommen erinnerst du dich an ein Flüchtlingslager am Fuße eines Hügels. In der Ferne knattern Hubschrauber, sie evakuieren Verletzte. Im Lager wimmelt es von Totenbahren. Proteinriegel werden an die Überlebenden verteilt. Du schläfst auf einer Matratze mit Kunststoffunterlage. Sobald du erwachst, suchst du reflexartig nach deinem Koffer. Als du ihn siehst, bist du beruhigt, er liegt auf einem Stuhl ohne Armlehne. Du erinnerst dich an Ordensschwestern, die sich flüsternd in den Gängen unterhalten, sie haben einen seltsamen Akzent. Eine der älteren, Schwester Elvira, kommt am frühen Morgen zu dir und malt dir ein Kreuzzeichen auf die Stirn. »Mwaramutse. Amakuru? (Guten Morgen, wie geht es dir?)«

Du hältst die Augen geschlossen, möchtest keinen Blickkontakt. Im Lauf des Tages kommen die anderen Schwestern ständig bei dir vorbei, warten auf einen günstigen Moment, um mit dir zu sprechen. Du hörst ihre Bemerkungen, verstehst, was hinter diesem Vorhang aus-

geheckt wird, der zwar die Sicht versperrt, Worte aber durchlässt. Du wolltest nicht mehr sprechen, dein Schweigen war entwaffnend. In diesem provisorischen Waisenhaus kümmerte man sich um die Opfer des Völkermordes, hauptsächlich Frauen und Kinder. Du bliebst eine Woche dort, erst am fünften Tag, nach einer Nacht mit Schüttelfrost und Schweißausbrüchen, hörten sie deine Stimme. Dein Herz raste, zusammenhangslos nanntest du den Namen deiner Eltern, deines Dorfes, wo besonders viele Menschen abgeschlachtet worden waren. Es gab nur eines, was dich beruhigen konnte: der Koffer, den du mit aller Kraft umklammert hieltest. Dieser Koffer, der alles mitangesehen, mitangehört und mit dir durchgemacht hatte.

Nach dieser langen, unruhigen Nacht kam am frühen Morgen Schwester Elvira und stellte dir Fragen. Später verstandst du, dass sie damit das Ausmaß deiner Traumatisierung herausfinden wollte. Sie machte sich Notizen, war geduldig, wenn du nicht gleich antworten konntest, und zwang dich, langsamer zu sprechen, wenn deine Ausführungen zu verworren waren. Sie wollte wissen, ob du die Leichen deiner Eltern gesehen hattest oder ihre Ermordung mitanschauen musstest. Wurdest du Zeuge eines Mordes oder sonstiger Angriffe? Standst du einem Mann mit Machete oder Knüppel gegenüber? Das Blatt mit deiner Aussage faltete sie zusammen und verstaute es sorgfältig in ihrem weiten Ärmel. Sie schickte dich nach draußen, wo du mit den anderen Kindern auf dem dafür eingerichteten Platz spielen solltest. Du gehorchtest, nahmst aber deinen Koffer mit, wie einen kleinen Bruder, den du zum Mitkommen bewegen wolltest.

Hier waren Kinder ohne Familie, Kinder wie du, die das Grauen der Erwachsenenwelt durchlebt hatten und nun wieder wie Kinder behandelt wurden. Ein Junge entriss dir den Koffer und rannte damit zur anderen Seite des Hofes, als hätte er gerade ein Tor geschossen. Hilflos sahst du zu, wie der Koffer unter den Kindern weitergereicht wurde. Dein Protest und deine Empörung feuerten das Spiel nur weiter an, der Koffer wanderte immer schneller von Hand zu Hand, die Mitspieler zwinkerten sich zu. Eine Schwester pfiff und setzte damit dem schrecklichen Treiben ein Ende. Dein Koffer stand mitten auf dem Hof in der prallen Sonne. Die anderen Kinder waren bereits beim Mittagessen. Dir aber war der Appetit vergangen.

Das Stimmengewirr im Speiseraum, der für die Flüchtlinge errichtet worden war, machte dich nervös. Ein Knirschen unter dem Vordach des Hofes weckte deine Aufmerksamkeit, du erblicktest deine Großmutter, die lächelnd auf einem Schaukelstuhl saß. Das Geklapper von Tellern und Besteck übertönte deine Schritte, du nahmst die erste Stufe, und schon war die Erscheinung wieder verschwunden. Wie ein ewiger Reisender standst du lange mit dem Koffer in der Hand reglos da, eine Schulter nach unten gezogen, das linke Knie leicht gebeugt. Schwester Elvira brachte dich dazu, einen Schritt zu gehen, dann noch einen. Sie legte den Koffer auf die Garderobe und setzte dich an den Tisch. Du warst oft geistesabwesend.

Die anderen Kinder hatten den Spaß am Spielen wiedergefunden, schienen nach dem erlebten Grauen einfach wieder in ihre Kindheit einzutauchen. Du konntest das nicht, du hattest das Sprechen verlernt und dich in dich selbst zurückgezogen. Schwester Elvira gelang es schließlich, dich zum Reden zu bringen, ganz sanft entlockte sie dir einige Informationen über dich. Sie war zu dir durchgedrungen, weil sie jeden Morgen deinen Koffer gestreichelt hatte, bevor sie mit dir sprach. Dieses Ritual hatte euch zu Komplizen gemacht. Wenn ihre Handfläche das Leder berührte, war das, als würde sie deinem Weggefährten die Hand auf die Schulter legen. Diese Hand erkannte deinen Koffer als ein menschliches Wesen an. Anschließend legte Schwester Elvira ihre Hand auf deine, murmelte einen Segen und schlug das Kreuz.

Du bliebst eine Woche lang in diesem Flüchtlingslager, im Schwebezustand zwischen zwei Leben. Täglich kamen Neuankömmlinge ins Lager: lebendige Tote, schmutzig und dürr. Der Anblick von tiefen Schnittverletzungen, verbrannter Haut und klaffenden Fleischwunden verfolgte dich bis in den Schlaf. Nachts weckte dich in regelmäßigen Abständen die Angst. Dein Blick suchte den Koffer. Er war da, immer an seinem Platz, die beiden Riemen und die Öffnung in der Mitte sahen aus wie ein müdes Gesicht. Andere Kinder wachten ebenfalls auf und blieben mit weit aufgerissenen Augen auf ihren Pritschen liegen, versuchten, mit dem Schmerz, dem Verlust und der Gewalt fertigzuwerden. Sobald die Nacht hereinbrach, verschwand die Fröhlichkeit der Kinder, die undurchdring-

liche Dunkelheit kroch ihnen unter die Haut und ließ die Herzen ein wenig schneller pochen. Ihre Schreie und ihr Weinen geisterten durch die Nacht. Einige schlafwandelten, die Schwestern fragten sich, ob sie sie aufwecken sollten. Die ersten Sonnenstrahlen am Morgen ließen sie in tiefen Schlaf fallen, als würde ihnen das sanfte Licht Sicherheit und inneren Frieden schenken.

Du hast dich lange vor der Nacht gefürchtet, weil tief in dir die Überzeugung steckte, dass man in der Dunkelheit verletzlicher und schwächer ist.

»Nachts streift der Tod umher und besucht die Lebenden. Es kann passieren, dass man aufsteht und irrtümlich den Toten folgt. Mit den ersten Sonnenstrahlen lösen sie sich in Luft auf und verschwinden. Ich habe mich lange vor der Nacht gefürchtet. Wenn ich in meinem Koffer schlief, hielt das die Toten auf Abstand.«

Diesen Satz von Arsène hatte Suzanne aufgeschrieben. Er hatte so oft von dieser Angst erzählt. Suzanne bedankte sich und stand auf. Die Verabschiedung auf dem Bürgersteig war knapp, sie gingen in entgegengesetzte Richtungen davon. Noch völlig in Gedanken versunken, starrten sie beide vor sich hin.

Vom Bürgersteig aus blickt Suzanne angestrengt zur Wohnung hoch. Die Fensterläden sind geschlossen. Die Wohnung ist leer, seit dem Umzug sich selbst überlassen. Suzanne würde sie gerne noch ein letztes Mal sehen, bevor ein neuer Besitzer einzieht, aber sie hat keinen Schlüssel. Plötzlich öffnet sich die Tür, und Leute kommen heraus, die Unterhaltung ist lebhaft, ein Mann mit einer Aktentasche schüttelt einem jungen Paar die Hand. Er wartet in der Toreinfahrt. Auf der Mappe steht der Name einer bekannten Immobilienagentur.

Suzanne ist sich ganz sicher, dass der Mann in der Wohnung, die nun zum Verkauf steht, Besichtigungen durchführt. Kurz entschlossen geht sie auf ihn zu, streckt ihm die rechte Hand entgegen und stellt sich vor. Der Makler gerät ein wenig aus der Fassung, weil er ein älteres Paar erwartet hat, er schaut auf seine Uhr und schüttelt Suzanne ein wenig zögerlich die Hand. Zehn Minuten sollten jedoch reichen, um sich ein Bild zu machen.

Der Makler geht voraus und beginnt mit einer Beschreibung des Gebäudes. Suzanne tut so, als würde sie den Ort, an dem sie aufgewachsen ist, zum ersten Mal betreten. Sie nickt bei den Ausführungen des Maklers und folgt ihm gefügig. Im Aufzug bis zur zweiten Etage schweigen sie. Sie gehen die wenigen Meter durchs Treppenhaus. Der Makler sucht den passenden Schlüssel und betont die Einzigartigkeit der Wohnung, die sie gleich besichtigen werden. »Eines der schönsten Objekte in dieser Preisklasse«, erklärt er und öffnet die Tür. Suzanne geht hinein, die Wohnung ist leer und ganz verstaubt, wie ein Geisterschiff, das innerhalb weniger Wochen seine ganze Gastlichkeit eingebüßt hat. Der Makler schreitet energisch von einem Zimmer zum anderen, betont die »einzigartige« Authentizität dieser Wohnung, »Parkett, Stuck, Kamin«, und auch die Deckenhöhe, einfach »einzigartig«. Suzanne folgt ihm und muss das Geschwätz sowie das Klackern seiner Absätze auf den alten Holzdielen über sich ergehen lassen. Er beendet seine Führung mit dem kleinsten Raum: Suzannes Kinderzimmer. Der Makler verliert die Orientierung, verirrt sich in dem Labyrinth aus Türen und Fluren.

»So, ich glaube, wir stehen hier vor der Badezimmertür.«

»Nein, das ist ein langer Flur, der zur Toilette führt.«

Verblüfft öffnet der Makler die Tür und sieht, dass Suzanne recht hat.

»Woher wissen Sie das?«

»Ach, diese Wohnungen sind doch alle ähnlich, haben denselben Grundriss. Wenn man eine besichtigt hat, kennt man alle.«

Der Rest der Besichtigung verläuft deutlich schneller und nachlässiger. Vor der Wohnungstür bedankt sich Suzanne und schüttelt ihm die Hand. Sie wirft noch einen letzten Blick zurück, der besagt: Vielen Dank für diese letzte Reise!, dann dreht sie sich um und eilt die Treppe hinunter.

An jenem Tag verabschiedet Suzanne sich von ihrer Kindheit, ihrem Vater, ihrer Vergangenheit. Wiederkommen wäre sinnlos, die Wohnung birgt keine Geheimnisse mehr. Mit dieser Pilgerreise hat sie die Suche nach sich selbst abgeschlossen. Dank der mehrmaligen Rückkehr konnte sie ihre Wurzeln wiederfinden. Davor hatte sie sich merkwürdig losgelöst gefühlt von der Welt und sich selbst.

Morgens erwachst du mühsam und findest nur schwer wieder in dein Leben als Heranwachsender hinein. Du schwebst zwischen zwei Welten. Manchmal weißt du für einen Augenblick nicht mehr, wer du bist, woher du kommst oder wohin du gehst. Manchmal scheint es dir so, als kehrtest du jeden Morgen ins Leben zurück, nachdem du nachts tot gewesen bist. Nachts bist du wieder in deinem Land, in Ruanda, in der Dunkelheit deines Koffers, der dich vor deinen Ängsten beschützt. Die Nacht hat dich in ihren Klauen gehalten und dich am frühen Morgen wieder freigelassen. Licht beruhigt dich, du redest dir ein, dass dich deine Eltern bei Tag ganz bestimmt von dort oben beobachten, über dich wachen und dich beschützen. Nachts können sie das nicht.

Es ist Zeit zum Aufstehen, Waschen und Anziehen. Du machst eine Katzenwäsche und bändigst dein krauses Haar. Deine Mutter ruft dir mit Nachdruck vom anderen Ende des Flurs zu, du sollst vor der Schule noch einen Happen essen. Dann musst du ein paar Meter auf diesem langen Pariser Bürgersteig zu der Schule gehen, wo auch deine Mutter Geschichte und Erdkunde unterrichtet.

Ihr geht nie gemeinsam aus dem Haus. Du bist schon sehr lange selbstständig, viel länger als deine Klassenkameraden. Dir kann nichts mehr Angst machen, wo du doch als kleiner Junge durch eine feindliche Landschaft geirrt bist. Doch, eine Sache versetzt dich in Furcht und Schrecken: das Erzählen. Diese Ereignisse, die tief in deinem Gedächtnis vergraben sind, können doch gar nicht echt sein! Manchmal denkst du, dass es sich um eine Legende handelt, die man sich über deine Kindheit erzählt. Aber die Zweifel verfliegen sehr schnell, wenn du dich an deine Großmutter erinnerst, die auf ihrem Stuhl sitzt, an deine Geschwister, die ständig ums Haus toben. Du erinnerst dich auch an deinen Vater, der nichts sagte und alles sah, deine Mutter, die zu viel redete und nichts sah. Wenn du die Augen schließt, kannst du den Schmerz leichter ausschalten, doch die Verletzungen bleiben. Seitdem du deine Geschichte erzählst, leidest du weniger oder anders. Du hast der lastenden Erinnerung zumindest das Gewicht des Schweigens genommen. Indem du deine Geschichte mit anderen teilst, hast du die Bürde erleichtert, die du so viele Jahre lang alleine schultern musstest. Als die Schule aus ist, nimmst du wieder denselben Weg. Du gehst stetig dahin, ohne den Kopf zu heben, alte Erinnerungen steigen vor deinem inneren Auge auf, aber der Lärm der Umgebung holt dich in die Wirklichkeit zurück. Hier versinken deine Füße nicht im Boden, und der ferne Horizont ist nicht zu sehen.

Drei Tage und drei Nächte warst du unterwegs. Beim Aufbruch im Lager hat Schwester Elvira dir einen Kuss auf die Stirn gedrückt und dir die Hand auf die Schulter gelegt. Sie hat mit dir gesprochen, aber du weißt nicht mehr, worüber. Sie blickte dir fest in die Augen. Ihr standet in Zweierreihen, du warst der Einzige mit Gepäck. Ein Riemen war zerrissen, deine Hände hielten den Koffer zusammen. Ihr seid viele Kilometer in einem alten Bus gefahren, habt die ganze Nacht geschlafen, so gut es auf der holprigen Straße möglich war. Du hattest den Eindruck, dass die Reifen ständig in eine Schlucht abzurutschen drohten, also hast du dich wach gehalten, überzeugt, die Straße wäre gnädiger, wenn du wach bliebst. Ihr wart zu sechst: der Älteste dreizehn und die Jüngste fünf Jahre alt. Ihr schlieft Schulter an Schulter, aber ihr habt nicht miteinander geredet. Ihr wart stumm.

Zwischenhalt an einer alten Turnhalle, freiwillige Helfer aus Europa verteilten mit gezwungenem Lächeln ein paar Lebensmittel. Da wart ihr nun, schweigend mustertet ihr euch gegenseitig wie wilde Tiere.

Das Warten und die Langeweile waren eine Qual. Schlafen, ohne müde zu sein, erschöpfte euch. Ihr saht euch an, in euren Augen spiegelte sich Unsicherheit. Eine junge Belgierin hockte sich neben euch, man wartete auf ein Flugzeug, es brauchte erst noch die Landeerlaubnis. Von euch kam keine Reaktion, eure Mienen blieben ausdruckslos, ihr habt nicht mit der Wimper gezuckt. Ihr wusstet nicht, wie es weitergehen würde, ihr wart ihrer Willkür völlig ausgeliefert.

Mitten in der Nacht seid ihr abgeflogen, du erinnerst dich an nichts mehr, als hätte dieser Flug nie stattgefunden. Ihr habt euch weiterhin mit derselben Eindringlichkeit gemustert, als würdet ihr euch gegenseitig bestätigen, dass ihr euch erst einmal in Sicherheit befandet und euch eine bessere Zukunft erwartete.

Du flogst zum ersten Mal. Du hast die Erde und den Staub hinter dir gelassen. Eine der Jüngeren aus deiner Gruppe lachte nervös, weil die Empfindungen beim Start so neu waren. Als das Flugzeug höher stieg, hast du deiner Familie Lebewohl gesagt. Dann schlieft ihr alle tief und fest, Kinder wie Erwachsene. Das dumpfe Dröhnen des Motors übertönte eure Herzschläge, während ihr durch die afrikanische Nacht flogt. Du spürtest die feuchte Dunkelheit hinter dem kleinen runden Fenster. Diese neue Atmosphäre war gleichsam ein Vorbote eures zukünftigen Lebens. Die leisen Unterhaltungen der Begleitpersonen vermischten sich mit eurem Geflüster, dem Geflüster von

Kindern, die zugleich das Beste hofften und mit dem Schlimmsten rechneten. Ihr sechs Kinder wart ein wenig wie eine Familie, doch ein paar Wochen später würde man euch trennen.

Du hast immer weitergeschlafen, weil das Gedankenkarussell sich drehte, sobald du wach warst.

Im gleißenden Licht der Morgensonne, die in die Kabine schien, bist du aufgewacht. Der Koffer zu deinen Füßen war noch kälter als am Vortag, das Leder hatte seine Farbe und Struktur derart verändert, dass du ihn kaum wiedererkanntest. Man gab euch etwas zu essen, ihr habt alles ohne Murren vertilgt, dann brachten sie euch Malbücher und Stifte. Die farbigen Flächen ließen euch für eine Weile das Grauen verwüsteter, von Menschenhand zerstörter Dörfer vergessen, die Äpfel im Laub, die auf den Feldern zurückgelassenen Leichen, die Überreste von Häusern, die Furchen von frischen Massengräbern. Im Nu waren die Filzstifte leer, die Luft und eure beharrlichen Hände hatten sie ausgetrocknet. Die Striche waren ungelenk, die Schraffur zu kräftig; ihr habt über die Umrandungen hinausgemalt, als hättet ihr das Ausmalen verlernt.

Aus der Zeit danach erinnerst du dich bloß noch an die Kälte. Sie peitschte euch ins Gesicht, ließ euer Blut gefrieren. Du warst in ein Land ohne Licht gekommen, der Himmel sah anders aus als zu Hause. Unablässig blicktet ihr hinauf zum Himmel, als hätte er sich verändert. Das Essen schmeckte anders, das Wasser auch, altes Wasser ohne Geschmack. Die Luft, die ihr atmetet, roch nach nichts, neutral und flach wie der Boden unter euren Füßen.

Dein Koffer war immer bei dir, du gabst ihn niemals aus der Hand. Die Erwachsenen versuchten, ihn dir abzunehmen. Dann wurdest du zur Furie, verteidigtest mit Leib und Leben diesen Gegenstand, der dir allein und niemandem sonst gehörte. Abends poliertest du die lederne Oberfläche mit Spucke, um den Koffer an eure unauflösbare Verbindung zu erinnern.

Eure Begleiter wunderten sich nicht mehr, dass der Koffer von morgens bis abends an deiner Seite war, du trugst ihn immer rechts, als würde er vor dir hergehen, voranschreiten, um dich vor eventuellen Gefahren zu warnen. Die anderen hatten sich angewöhnt, ihn wie einen Glücksbringer zu streicheln, das kleinste Mädchen drückte ihn wie ein Stofftier an sich. Die losen Riemen machten den Koffer nur noch liebenswerter. Er trug wie ihr alle noch die Spuren der Flucht, aber bei ihm waren sie deutlicher sichtbar. Der Flug hatte ihn verändert, schlaffer gemacht.

Bei der Ankunft in Europa waren eure Erinnerungen verschwunden, schienen verloren in der Dunkelheit eines Labyrinths, dessen Ausmaß ihr selbst nicht einschätzen konntet. Der Koffer erinnerte dich an deine Herkunft, deine Odyssee durch die Hügel, deinen Hunger, deinen Durst. Er erinnerte dich an dein Heimatland, in dessen Erde deine Familie begraben lag. Du warst der einzige überlebende Tutsi aus deinem Dorf. Axelle, eine belgische Freiwillige, hatte dir behutsam und mit leiser Stimme erklärt, dass alle Tutsis aus deinem Dorf in einer knappen Stunde ermordet worden waren. Niemand würde Anspruch auf dich erheben. Sie ruhten alle etwa hundert Meter vom Dorf entfernt in einem Graben, der wie eine Wunde im Boden klaffte.

Du hast sie zum ersten Mal in einem Spielzimmer gesehen. Die Spielsachen waren systematisch geordnet: Puzzles, Gesellschaftsspiele, eine Kiste mit Lego, eine mit Bauklötzen und so weiter. Im Raum hing Halloween-Dekoration: Kürbisse mit halb lachenden, halb fratzenhaften Gesichtern. Es war die erste Begegnung mit diesem Paar, das dich gerne adoptieren wollte.

Axelle beobachtete dich von der Tür aus. Die beiden setzten sich auf Kinderstühle und bemühten sich, dich kennenzulernen. Sie waren dir gleichgültig, du bautest gerade an einem Modell. Sie beobachteten deine Hände und waren von deiner Konzentration beeindruckt. Der Mann konnte nicht anders und kam dir ab und zu beim Bau dieser Feuerwache zu Hilfe. Lächelnd beobachtete Axelle die Szene. Die beiden kamen mehrmals wieder, ohne etwas von dir zu erwarten, weder ein Bonjour noch ein Au revoir. Sie brachten dir Modelle mit, sogar ziemlich komplizierte, für Kinder ab zwölf Jahren, aber dir gefiel die Herausforderung. Axelle schlug vor, du solltest ihnen deine fertigen Modelle zeigen. Das hast du auch getan und dabei immer ein leichtes Lächeln unterdrückt. Du wolltest nichts sagen, das haben sie sehr gut verstanden. Sie verlangten nichts von dir.

Sicher ist, dass du dich über ihre Besuche freutest, aber du wolltest dir das nicht anmerken lassen. Eure Treffen wurden häufiger, erst ein Mal pro Woche, dann zwei Mal. Sie waren weiterhin ganz ruhig und zwangen dich nie zu einer Unterhaltung. Eure Zusammenkünfte verliefen schweigsam, deswegen konntest du langsam Vertrauen aufbauen. Ab und zu unterbrach Axelle die Stille und redete kurz mit den beiden, während dein Blick fest auf das Modell gerichtet war.

Süßigkeiten wurden auf den Tisch gestellt, du schautest sie nicht an. Etwas davon zu essen hieße etwas von ihnen anzunehmen, dazu warst du damals noch nicht bereit. Axelle konnte das gut verstehen, sie sagte zu dir: »Lass dir ruhig Zeit, niemand zwingt dich zu etwas. Entweder es klappt, oder es klappt nicht. So ist das halt.«

Du hast genickt, beruhigt, dass du ihnen gegenüber zu nichts verpflichtet warst. Und dann, eines Tages, geschah etwas Seltsames und Unbeschreibliches. Es regnete in Strömen, Wassermassen spülten den Staub aus der Stadt. Du saßt am Spieltisch und bautest an deinem elften Modell. Sie waren da, an deiner Seite, auf viel zu kleinen Stühlen, und beobachteten, wie du geschickt die farbigen Steine zusammensetztest. Plötzlich streichelte dir deine Adoptivmutter über den Nacken; in jenem Augenblick war es für dich ein Schock. Ihre Hand berührte deine Haut nur wenige Sekunden, aber die Wärme konntest du noch lange danach spüren. An jenem Tag hattest du einen »Zaubergedanken«: Deine Großmutter hatte ihre Hand auf deinen Nacken gelegt. Für dich war das ein erstes Zeichen, sie gab dir von dort oben zu verstehen, dass sie diese Leute billigte, dass sie ihr gefielen. Du hast weder etwas getan noch etwas gesagt, aber zum ersten Mal seit langer Zeit fühltest du dich gut.

Du erinnerst dich an unendliche Stunden der Langeweile, Spielen war nichts mehr für dich. Die schrecklichen Bilder gingen dir einfach nicht aus dem Kopf. Du musstest dich nicht mehr verstecken, und doch sahst du dich, sobald du an einen unbekannten Ort kamst, nach geeigneten Schlupfwinkeln um. Dieses Verhalten war zu einem Instinkt geworden. Dein Blick suchte nach geheimen Schränken, Nischen unter Möbeln und anderen Notverstecken. Du fürchtetest, dass jederzeit und überall eine Treibjagd, eine Menschenhatz ausgerufen werden könnte. Für den Fall hattest du dir sicherheitshalber schon mehrere Verstecke gesucht. Dich an einem engen Ort zusammenzukauern, den Atem anzuhalten und dich allem zu entziehen war zu deinem Markenzeichen geworden. Aber die Notwendigkeit bestand einfach nicht mehr. Dir drohte keine Gefahr mehr, im Gegenteil, alles war darauf ausgelegt, dir Sicherheit zu geben.

Deine Adoptiveltern kamen immer häufiger, du konntest

sie sogar schon an ihren Schritten im langen Flur des Waisenhauses erkennen. Sie gingen mit dir nach draußen, machten Spaziergänge und brachten dich abends wieder zurück. Du fingst an, sie ganz offen anzulächeln. Deine ersten Worte kamen flüsternd, murmelnd, ohne dass du ihnen in die Augen sahst. Sie anzuschauen hätte bedeutet, dass du ihnen vertraust, dass du einer von ihnen wirst. Das wolltest du noch nicht, du hieltest diese Blicke zurück. Sie waren geduldig und gaben sich mit kleinen Hoffnungsschimmern zufrieden. Du brauchtest mehrere Wochen, um deine Gefühle durch Worte, Blicke und Lachen ausdrücken zu können. An jenem Tag, als es dir glückte, hast du ihnen dein Herz geöffnet und es seither nie wieder verschlossen. Annie, deine Adoptivmutter, beglückwünschte dich zu jedem Sieg über dich selbst und drückte deine Hand. Diese Geste war mehr wert als tausend Worte. Dank ihrer Geduld hast du gelernt, deine neuen Eltern zu lieben. Der Winter neigte sich seinem Ende zu, jeder Blick aus dem Fenster barg Hoffnung; der stets graue, wolkenverhangene Himmel wurde blau.

Das Heim hatte sich stark verändert, die anderen Kinder kamen und gingen, zogen von einem Zuhause zum anderen, von einem Leben ins nächste. Der lange Flur, der zum Ausgang führte, war die Bühne ihrer Gefühle. Anfangs gingen sie langsam, dann rannten sie, um ihre neuen Eltern in Empfang zu nehmen. Abends wart ihr nicht mehr vollzählig, einige waren bereits adoptiert worden, andere wohnten probeweise zwei oder drei Tage bei den neuen Familien.

Du hast zwei Tage bei ihnen verbracht. Das ging nicht ohne deinen Koffer. Sie waren überrascht, als sie sahen, was du in der rechten Hand trugst, aber sie sagten nichts. Axelle hatte mit ihnen über diesen heiß geliebten Gegenstand gesprochen, der dich auf deinem ganzen Weg begleitet hatte.

Annie strich dir durchs Haar und gab dir einen Kuss auf den Kopf, ihr Mann wollte dir den Koffer abnehmen, aber dein Blick hielt ihn davon ab. Du hattest den alten Griff fest umklammert.

Zwei ganze Tage und zwei Nächte lang habt ihr zusammengelebt. Alles lief gut, du vertrautest ihnen, hattest keine Angst mehr, ihnen in die Augen zu blicken oder ihnen zu antworten. Du hast sogar lauthals gelacht. Du hattest vergessen, dass du lachen konntest, dein Gelächter strahlte wellenartig bis in deinen Bauch aus. Deine Adoptiveltern bewunderten deine Zähne, die sie endlich einmal sahen, deine zusammengekniffenen Augen und deine Nasenlöcher.

Als es Abend wurde, wartete das kuschelige, weiche Gästebett schon auf dich. Vom Bett aus sahst du zu deinem Koffer hinüber, seine Ösen glänzten in der Dunkelheit. Du bist aufgestanden, auf Zehenspitzen zum Koffer geschlichen und hast ihn zum Bett gezogen. Dann hast du das Kopfkissen und die Decke in den Koffer gelegt. Deine Beine ragten hinaus, aber du bist so schnell eingeschlafen wie nie zuvor. Du hast kaum bemerkt, dass sich die Tür einen Spaltbreit öffnete und ein Streifen Flurlicht schräg auf die Wand fiel; fast geräuschloses

Flüstern und das Quietschen einer Tür folgten, danach Stille.

In jener ersten Nacht und auch in der zweiten hast du gut geschlafen. Früh am nächsten Morgen warst du ein wenig gerädert und strecktest dich ein paar Minuten lang auf dem Bett aus. Du legtest das Kopfkissen und die Decke wieder an ihren Platz und schobst den Koffer in eine Zimmerecke. Dann hast du die Laken zerwühlt und mit der Faust eine Kuhle ins Kissen geschlagen, damit es so aussah, als hättest du im Bett geschlafen.

Ihre Wohnung wurde zu deinem Zuhause. An diesem Ort fühltest du dich sicher. In einem der Küchenschränke hättest du dich problemlos verstecken können, ebenso wie unter dem kleinen runden Tisch mit der langen Tischdecke oder in der Badewanne. Zu deiner Beruhigung hast du jeden Winkel, jede Nische, jeden noch so kleinen Raum genau inspiziert. All diese Verstecke waren Teil einer Überlebensstrategie, und das in einer Welt, in der es keine Brutalität mehr zu geben schien.

Dein Koffer verstaubte allmählich; wenn du mit dem Handrücken über das Leder wischtest, hinterließ das eine sichtbare Spur. In ihm zu schlafen war unmöglich geworden, der Muskelkater am Morgen hielt sich immer hartnäckiger. Du nahmst das Bett an, den Familiennamen, die Essgewohnheiten: Alles nahmst du an und konntest nichts dafür geben.

Damals haben die Albträume begonnen, in der Zeit, als du wirklich anfingst loszulassen. Du wachtest schweiß-

gebadet auf, Panikattacken lähmten dich nächtelang. Deinen Koffer neben dir zu haben beruhigte dich, er stand gleich an deinem Bett, ganz nah, immer greifbar.

Annie schlief neben dir auf dem Boden, streichelte dir über die feuchten Schläfen und gab dir kaltes Wasser zu trinken.

Mitten in der Nacht wurde der Durst plötzlich unerträglich, trocknete dir die Kehle aus und machte deine Zunge pelzig. Es dauerte Wochen, diesen Durst zu stillen, er wurde immer heftiger, obwohl du manchmal literweise Wasser in einem Zug hinunterstürztest. Du hattest Angst vor dem Durst, wie man Angst vor seiner Angst hat.

Eines Abends flüsterte Annie in der Dunkelheit deines Zimmers: »Irgendwann wirst du keinen Durst mehr haben.« Was sie eigentlich sagen wollte, war: Keine Sorge, alles wird gut.

Dein Leben als Schüler gewann nun die Oberhand, wie eine dicke Wolldecke legte es sich über deine Vergangenheit. Für Afrika war kaum Platz im Lehrplan, der Kontinent wurde höchstens erwähnt, wenn es um Kolonien oder Entwicklungsländer ging. Die Alterspyramide zeigte eine Gesellschaft mit wenig Greisen und einer hohen Geburtenrate. Niemals war die Rede von Ruanda, der Name des Landes fiel nie. Man wusste, dass es im Süden von Afrika lag, manche verorteten es in der Nähe des Atlantiks, andere verwechselten es mit Botswana. Du bist in die Höhe geschossen, deine Gliedmaßen wurden lang und schlaksig, dir wuchsen vereinzelt Bartstoppeln. Diese

Veränderungen ängstigten dich, entfernten sie dich doch von deiner Kindheit, deiner Familie und deinem Heimatland. Ununterbrochen hast du alte Volksweisen aus Ruanda vor dich hin gesungen, manchmal musstest du Wörter auslassen, dann hast du einfach irgendwas gemurmelt. Du warst dabei, deine Muttersprache zu verlieren, das Kinyarwanda, seine Melodie, die langen und kurzen Vokale. Die Modulation dieser Tonsprache wich nach und nach aus deiner Stimme. Und dennoch hast du krampfhaft versucht, die vergessenen Strophen dieses alten Volksliedes zu rekonstruieren. Den Refrain konntest du noch, du wiederholtest ihn gebetsmühlenartig, um nicht das Gesicht zu verlieren.

Der Geruch des Koffers war verflogen, vertrocknet in der Heizungsluft. Du hattest ihn in eine Zimmerecke verbannt und schautest ihn kaum mehr an, er gehörte zu deinem Zimmer wie die Wände und der Boden. Aus deiner frühen Kindheit war dir nichts geblieben, du versuchtest, dich an die Gesichter deiner Familie zu erinnern, an das Innere eures alten Hauses, den siedenden Kochtopf auf dem Feuer. Deine Mutter blies kräftig auf den Schöpflöffel. Sie lächelte, als sie sah, wie ihr das Essen hinunterschlangt. Vater lächelte nicht, das Lächeln war in seinen Augen.

Die Großmutter hatte fast gar keine Zähne mehr. Sie aß allein in einer Zimmerecke mit dem Rücken zum Fenster. Beim Kauen der winzig kleinen Bissen verzog sie das Gesicht zu Grimassen, sie konnte nicht mehr mit euch zusammen essen. Liebevoll machtet ihr euch über sie lustig, bei der ganzen Schmatzerei und den Verrenkungen vermochtet ihr einfach nicht ernst zu bleiben. Ihr Gesicht hast du nicht vergessen, sogar an ihre Stimme kannst du dich erinnern. Sie hat dir das Leben gerettet, ihr hast du es zu verdanken, dass du jetzt hier bist, und du bist immer noch fest davon überzeugt, dass sie weiterhin auf dich aufpasst. Sie wacht über dich, bewahrt dich vor Gefahren und Widrigkeiten. Stets spürst du ihren schützenden Blick aus kaum geöffneten Augen mit schweren Lidern auf dir ruhen.

Eines Morgens hast du den Koffer in ein altes Laken gewickelt. Du bist um ihn herumgelaufen, um ihn gut einzupacken. In dem kleinen Zimmer nahm er einfach zu viel Platz weg und war ein Staubfänger. Du hast ihn eingehüllt wie einen Verstorbenen in ein Leichentuch. Das alte Laken warf an den Ecken Falten und lag schön glatt auf dem Kofferdeckel. Lange hast du vor dem großen Schrank im Flur gestanden, bis du einen freien Platz ganz oben entdecktest. Du hast eine Leiter geholt, bist die Sprossen nach oben geklettert und hast den Koffer mühsam auf das Regal gehievt. Es war eng, du hast ein wenig geschoben, damit die Kanten so wenig wie möglich überragten. Viel später hast du verstanden, dass dieser Schritt für das dringende Bedürfnis stand, zu vergessen, die Erinnerungen auszulöschen.

Dieser Koffer erinnerte dich in gewisser Weise an alles, was du durchgemacht hattest, und obgleich er dich so manches Mal beschützt hatte, wolltest du ihn wegräumen.

Das Wissen, dass er immer noch da war, gab dir Sicherheit, aber du brauchtest Abstand. In einem Flur hält man sich nicht auf, man geht nur durch, morgens und abends. Du hast nicht mehr zu dem Koffer hinaufgeblickt, der Flur diente lediglich zum Kommen oder Gehen. Einmal im Monat staubte Annie in deiner Abwesenheit den in Vergessenheit geratenen Gegenstand mit dem größtmöglichen Respekt ab.

Du hattest nichts mehr aus deinem früheren Leben, du warst neu und wurzellos. Wenn du dich abends schlafen legtest, dachtest du kurz an deinen Koffer, dein Gehirn ortete ihn, entwarf imaginäre Linien, um ihn zu erfassen. Die Verbindung bestand nach wie vor, aber sie war streng vertraulich geworden. Ihr musstet dieselbe Luft atmen, auf gar keinen Fall hätte man den Koffer in den Keller verfrachten können, an diesen dunklen Ort, wo abgelegte Gegenstände ihr Dasein fristeten. Wenn ihr in den Urlaub fuhrt, begleiteten euch neue Koffer, die steif und strapazierfähig waren. Du musstest dann immer an deinen Koffer denken, dessen Inneres wie ein menschlicher Körper von vielen Bewährungsproben gezeichnet war.

Wenn ihr für ein paar Tage wegfuhrt, zogst du die Tür mit einem bangen Gefühl hinter dir zu, aber es beruhigte dich doch, zu wissen, dass der Koffer in Sicherheit war. Wenn du nach Tagen oder Wochen wieder nach Hause kamst und im Flur standst, war dir jedes Mal, als ob du ein Stück von dir selbst wiederfändest.

Ganz kurz vor den schrecklichen Ereignissen begriff dein Vater, dass seine Familie in Gefahr war. Er saß neben dem Radio und hörte Nachrichten. Er musterte misstrauisch die Nachbarn, inspizierte mit zusammengekniffenen Augen die Umgebung eures Hauses. Er war ernst, die Sinne hellwach und angespannt, genau wie der alte Weise im Dorf, der schon seit Wochen Albträume hatte. Ihre Einschätzung der Situation an jenem frühen Morgen verhieß nichts Gutes, im Gegenteil, es herrschte trügerische Ruhe, die Ruhe vor dem Sturm. Selbst deine Geschwister tobten nicht ums Haus oder verhedderten sich wie sonst bei der wilden Jagd in den Gewändern deiner Großmutter, woraufhin sie das Gleichgewicht zu verlieren drohte.

Im Nachhinein wird dir klar, dass du sie zu ihren Lebzeiten stets im Blick behieltst, weil du vielleicht wusstest, dass es nicht lange währen würde. Schon damals hattest du das Gefühl, dass du nur ein Zuschauer warst, der die anderen Familienmitglieder beobachtete.

Deine Sinne weideten sich am gemeinsamen Alltag, die gewöhnlichen Dinge waren für dich kostbar. Alles, was deine Familie tat oder sagte, war so geheimnisvoll wie faszinierend. Du hast ein Durcheinander an unklaren Ritualen wahrgenommen, die beunruhigten Blicke deines Vaters, die unversöhnlichen Schimpftiraden deiner Mutter, die die väterliche Stille übertünchten. Deine Großmutter stand völlig unbeeindruckt von der allgemeinen Aufregung im Raum. Sie hatte ihren alten Koffer aus seinem Versteck geholt, hatte ihn gereinigt. Die Unruhe war greifbar im Dorf, die Männer tranken ihr Bier nicht mehr zusammen. Zu Hause herrschte drückende Stille. Die Mahlzeiten wurden schweigend eingenommen, die Geschwister stritten nicht, die Kleinen gingen ohne Murren ins Bett, genau wie du. Die Lichter wurden früher als gewöhnlich gelöscht. Deine Großmutter hatte sich wie immer neben dich hingelegt. Ihre Augen glänzten in der Dunkelheit wie zwei Spiegel. Du stelltest dich schlafend, aber du sahst sehr wohl, dass sie dich eingehend betrachtete. Ihre abendlichen Gesänge wiegten euch jeden Abend in tiefen Schlaf. Sie sang immer tiefer, je schwerer eure Lider wurden. Ihr Blick behütete dich. An jenem Abend sagte sie dir Lebewohl, ohne dass du es merktest.

Am nächsten Tag war um die Mittagszeit kein einziger Tutsi aus deinem Dorf mehr am Leben. Kein einziger Tutsi, außer dir.

YASMINE GHATA IM GESPRÄCH

Wovon handelt Ihr Roman?
Er handelt von psychischer Widerstandsfähigkeit, vom Heilungsprozess, der traumatische Erlebnisse in etwas Kreatives umwandelt, und von der Bewältigung des Schreckens durch das Schreiben.

Was haben die beiden Protagonisten des Romans gemeinsam?
Suzanne und Arsène stehen für zwei Schicksale, die sich miteinander verknüpfen. Beide haben Ängste, deren Ausmaß man nicht vergleichen kann, und heimliche Schreckgespenster. Sie sehnen sich nach Heilung, und gegenseitig und gemeinsam werden sie sich gesund machen. Das Erzählen hilft ihnen dabei, die Wunden zu schließen, die Vergangenheit zu akzeptieren und die Zukunft zu gestalten.

Gemein haben Suzanne und Arsène ganz offenkundig ein Gefühl der Lücke, beide verinnerlichen den Verlust und spüren eine tiefe Kluft in sich zwischen dem, was sie verbergen, und dem, was sie nach außen tragen. Indem sie von ihrer Innenwelt erzählen, überbrücken sie die Kluft und können sich schließlich in ihrer Ganzheit ausdrücken.

Welche Eigenschaft bewundern Sie an Arsène?
In meinen Augen ist Arsène ein wunderbares Kind. Er hat das Zeug dazu, sein Trauma in einen Triumph zu verwandeln. Arsène ist ein verwundeter Sieger, der auf gewisse Weise den Tod überlistet hat, indem er seine schmerzhafte Erfahrung erzählt. Bis zu seiner Begegnung mit Suzanne hat er den Teil seiner Persönlichkeit, der so viel gelitten hat, mutig und würdevoll unter Verschluss gehalten. Was ich an ihm bewundere: Jedes Wort, das das Schweigen besiegt, hat magische Auswirkungen auf seinen Körper und lässt die Wunden heilen. Arsène veranschaulicht perfekt, wie das Erzählen den Schmerz besänftigt.

Wie hat der Verlust von Suzannes Vater ihren Charakter und ihr Leben beeinflusst?
Der Verlust des Vaters hat sie zum Schreiben geführt, zu ihrer einzigen Rettung. Um die Leere zu füllen, hat Suzanne immer in einer Fantasiewelt gelebt. Sie ist auf der Suche nach sich selbst, und nur das Schreiben zeigt ihr, wer sie wirklich ist: ein Mensch, dessen ganzes Wesen auf einer Verletzung gründet, einer nie gelösten Lähmung. Sie ist eine Figur auf Sinnsuche, immer hin-

und hergerissen zwischen Traum und Wirklichkeit, zwischen Hoffnung und Verzweiflung.

Der Ausgangspunkt dieses Romans sind Objekte. Woher stammt das Interesse für Gegenstände?
Gegenstände von Verstorbenen bewahren Energie in sich. Sie sind Erinnerungsstücke, die noch die Spur einer Präsenz innehaben, sie verkörpern greifbar einen verlorenen Gedanken. Sie sind außerdem geheimnisvolle Zeugen, in rätselhaftes Schweigen gehüllt; man will sie zum Reden bringen, um etwas vor dem Vergessen zu retten. Die Kraft der Erinnerung verleiht ihnen eine emotionale Dimension.

Welcher Gegenstand repräsentiert für Sie Ihre Familie?
Die Fotoalben, die mein Vater während meiner Kindheit zusammengestellt hat, in den sechs Jahren zwischen meiner Geburt und seinem Tod, sind sehr wichtig für mich. Wenn ich mir diese Bilder anschaue, bringt mich das selbst heute noch aus der Fassung. Ich würde diese vergänglichen Augenblicke voller Glück und Freude gern noch einmal durchleben. Diese Alben erinnern mich daran, wie zerbrechlich das Leben ist.

Welche Rolle spielt die Nacht?
Die Nacht ist Vergessen, und in der Nacht kann man nicht mit der Lebensenergie zu Werk gehen, aus der die Widerstandsfähigkeit besteht.

Warum haben Sie sich für eine Erzählform aus zwei Perspektiven entschieden, warum für die zweite Person Singular?

Die beiden Erzählformen greifen ineinander, weil Suzanne und Arsène sich gegenseitig heilen wie ein Medikament. Ihre Erzählungen treten in einen Dialog und stehen einander in diesem Prozess der Genesung spiegelbildlich gegenüber.

Für mich ist das »Du« eindringlich, intensiv, und es unterstreicht die mündliche, erzählende Form. Es ist eine starke Stimme, um aus der geheimen und rätselhaften Stille herauszutreten.